刘宝纯七言绝句题画诗

主编　刘中慷

山东教育出版社

刘宝纯诗集

季羡林题

刘宝纯

中国国家画院院务委员、研究员
中国美术家协会第五届、第六届理事
山东省政协第七届、第八届常委
山东省文学艺术界联合会名誉主席
山东省美术家协会名誉主席
山东画院名誉院长
美国休斯顿大学客座教授

作者简介

刘宝纯，一九三二年生于山东省荣成市，毕业于山东财经学院。他始终坚持继承传统旨在求其发展、深入生活旨在求其升华的理念，从二十世纪五十年代开始，在师法前人的基础上，以自然为师，到三山五岳、长江黄河写生，在表现真山水方面，付出了艰苦努力，取得了显著成绩。他是中国新山水画一派延续发展的重要代表，被称为『德艺双馨的艺术家』『画坛的领军人』。出版有《黄河》《海河》《淮河》写生画集和长江写生系列作品；二十世纪八十年代赴日本写生，出版《刘宝纯访日写生画集》；二十世纪九十年代到台湾地区写生，出版《宝岛揽胜——刘宝纯写生画集》。二〇一五年，八十三岁高龄的他沿祖国的海疆、边疆两万五千里写生，出版《海疆边疆万里行写生画集》《刘宝纯水墨画集》。《黄河花园口》参加百年中国画大展，入选《百年中国画集》。人民美术出版社出版《中国近现代名家画集——刘宝纯》《中国近现代名家选粹——刘宝纯》《论画松》《论画水》及六卷集的《刘宝纯诗书画集》；中国美术家协会编《百年中国画展名家精品系列——刘宝纯》专辑。中华书局出版《刘宝纯诗集》。其作品在各报刊发表近千幅，为人民大会堂、中南海、天安门、毛主席纪念堂以及中国驻外使馆等国家政府机构单位创作国画作品千余幅。中国画《山高水长》在邓小平同志一九七八年访问日本时作为国礼赠送日方。美国休斯顿大学和帕沙迪娜艺术中心聘请其为客座教授，德克萨斯州议会赠送其州旗，迪肯斯市将一九九四年一月二十七日定为『刘宝纯日』，并赠证书和『市钥』。休斯顿市颁发『荣誉市民』和『亲善大使』证书。

刘宝纯先后获山东省政府一次通令嘉奖；两次被授予『专业技术拔尖人才』称号。获『山东省首届泰山艺术奖（美术类）终生成就奖』和山东省委、省政府颁发的『首届山东省泰山文艺奖——艺术突出贡献奖』。享受国务院政府特殊津贴。

刘宝纯先生既是丹青高手，也是诗词达人。他认为书法是画之风骨，诗词乃画之灵魂。在他青年习画之时，就拜师学书、学画、学诗。他说：『书与诗是画之两翼，只有臂膀坚挺，才能自由翱翔。』观其诗，诗中有画；观其画，画中有诗。诗画交融，相映成辉。

作者引言

一、这本书是为弘扬传承中华国粹和探索中国画中的意境而写。共刊载七言绝句题画诗二百六十三首，七言律诗一首。这些诗是依据《声韵典要》和《佩文诗韵》中的平仄规则和声韵标准写成的。

二、《声韵典要》诗种类颇多，诗的韵格和平仄规则是唐代以来许多古人研究的成果。依据这些成果，加上个人的理解，仅对绝句中的五言律绝、七言律绝以及五言律诗和七言律诗的用韵和平仄格式予以简化，并加以图示，使人一目了然。

三、《佩文诗韵》系唐代古韵，与今韵有别，难度较大。因此本书也参照《诗韵新编》试作诗六首。不过我建议，今后不管是《佩文诗韵》还是《诗韵新编》，只要每一首诗用一种诗韵作为韵脚皆可成诗，但是平仄规则不必固定在大唐的规则上，应按现代四声界定。即以前两声为平，后两声为仄。这也是与时俱进推动传统文化不断发展的需要。

四、记忆与联想：四十多年前，画友聚会，谈及诗词平仄规律难学，我说：词有词牌、词谱，每一个词牌都有一定的词谱，所以作词也叫填词，其格律不用研究。诗则不同，古绝、仄韵诗、拗体诗我没有深入研究，但对于律绝和律诗我下过苦工，也取得了一定成绩。作诗的确难在诗的声和韵的规则上。声分平仄，唐代上平、下平为平声，上、去、入为仄声；现代四声中，前两声为平，后两声为仄。不过唐代的入声，为平仄两分，分到平声里只有一二百字。韵，唐代平韵三十个，仄韵七十八个。现代平韵仄韵各十八个。不懂诗中的声韵规则，难以作诗。我有一套《声韵典要》平仄速记法，半小时可以教会大家，于是，我讲众人听，不到一个小时大家即已牢记。但是，过几年，他们就都忘记了。那是一个动乱的年代，多少人能有此闲情逸趣去研究国学呢？如今正跨入国强民富之盛世，必然会迎来复兴中华文化的春天。诗词是国之瑰宝，理应得到传承与普及。但愿无论高端政要，还是小学语文教师，都学习诗词、写好诗词，以歌颂祖国美好的今天和更美好的明天！

目录

七言绝句题画诗

（一）《步云桥仙境》

千山杳杳竞云合

一水潺潺劈岸开

松自悬崖穿雾过

人从绝壑乘云来

（十灰韵）①

（二）《攀泰山南天门》

天门耸立朝霞里

必自登山赛雾腾

桥下流云泉濑急

松涛涌动鹤竞升

（十蒸韵）①

（三）《槎山金滩》

槎山雾帐笔生花

积翠云屏映彩霞

飘渺山林连海屿

金滩祥兆卷平沙

（六麻韵）③

（四）《泰山长松》

蟠根百尺天光漏

万仞虬枝舞翠颜

磊落长松漫洒脱

泰山永固砥东天

（一先韵）①

（五）《春晓》

晓露春深千嶂秀
春风雨降满涧泓
含情静听山花落
阵阵鸟啼客梦惊

（八庚韵）②

（六）《看山归途》

暮秋雨过飞流急
夕照寒山破石巉
仗履归途漫踏草
风摇疏叶鹤栖杉

（十五咸韵）①

（七）《思月欲哭》

少时望月倍思亲
思月老翁泪湿襟
鹤唳寒松风不止
雁吟苦海雨成霖

（十二侵韵）③

（八）《竹荫独钓》

拔地寒梢疏竹影
红莲绿柳雾濛濛
花畦碧水漫烟雨
独钓横舟斗笠翁

（一东韵）②

（九）《泰山后石坞雨后》

石坞悬崖山雨急，
深巉处处响飞泉。
悠悠树杪澹浑翠，
杳杳高峰矗丽天。

（一先韵）②

（一〇）《泰山松月》

泰岱松藤千尺挂，
鸣泉幽谷落红飞。
晚来雨洒芳菲路，
幔卷风飘带月归。

（五微韵）②

（一一）《观山东青年美展》

物华齐鲁破鸿蒙，
二水一山六圣崇。
翰墨英才千仞起，
步罡踏斗傲苍穹。

（一东韵）③

（一二）《赠奎章仁弟》

齐鲁圣地人才杰，
抱朴含聪节浩刚。
史有先贤登泰岱，
揽星北斗著奎章。

（七阳韵）①

（一三）《松下论道》

乌云白水溪边路
万壑松风雾下山
旭日论禅风飒飒
舒云议道水潺潺

（十五删韵）①

（一四）《清明》

清明万木发新枝
皎艳春芳绿草滋
展翅长吟蜂若醉
穿花狂舞蝶如痴

（四支韵）③

（一五）《春山莺啼》

青山叠嶂晴风和
隐隐桃花浴日暾
复照春光苔石上
莺啼晓露水泉浑

（十三元韵）①

（一六）《泰山青松吟》

泰岱晴岚峰万叠
青松霭翠树荫深
丘陵无欲过尘幔
偃蹇高风拂瑟琴

（十二侵韵）②

（一七）《六朝遗植》

松筛古月六朝风
铁骨铮铮五岳崇
雷雪霜寒风雅正
游人仰慕称仙翁

（一东韵）③

（一八）《为海峡两岸书画家交流展而题》

画家两岸一家亲
雅集挥毫各有神
笑谈迎来时盛世
正正派派龙传人

（十一真韵）③

（一九）《柳埠风光》

日照高林红树外
丹峰隔水白云间
通幽曲径堤边竹
万缕曦光意自闲

（十五删韵）②

（二〇）《夜宿泰山》

竹林滴沥响山泉
欲隔红尘远市缠
泼墨乘兴挥亮节
如勾瘦月尚难眠

（一先韵）③

（二一）《思巢父洗耳》

诗兴把酒月当空
巢父长怀洗耳公
舞鹤垂虹花醉露
含聪抱朴柳眠风

（一东韵）③

（二二）《古松筛月》

亭前筛月风神秀
俯仰低昂叠翠苍
偃蹇虬枝如铁铸
六朝遗植古松王

（七阳韵）①

（二三）《师徒情深》

轻漪碧涨明如水
雨霁风摧净绝埃
水脉泉源怀长辈
兰言桂性忆后来

（十灰韵）①

（二四）《雪梅精神》

清瘦疏明一剪春
冰霜傲骨雪精神
枝头白蕊垂清露
玉润琼肌醉晓晨

（十一真韵）④

（二五）《秋韵》

芦黄叶瘦荡清流，
岭染丹枫雨润柔，
石竹微霜情切切，
高鸣大雁满天秋。

（十一尤韵）③

（二六）《泰山美术馆青松》

栅外青松带夕晖，
经霜历雪馥芳菲，
于今漫作虬龙状，
绿叶穿云喜鹊飞。

（五微韵）④

（二七）《古松寒泉》

清风云去水留波，
夹乱苍山泄澄河，
击石飞泉流水急，
霞腾翠岫古松峨。

（五歌韵）③

（二八）《竹颂》

春篁一夜上云霄，
亮节虚心万仞超，
雨打风吹竿若玉，
寒风夹雪翠旗飘。

（二萧韵）③

（二九）《赠科三先生》

仙山久长科名草
幽谷新生三月花
星聚清风云有彩
斗斜夜爽月无瑕

（六麻韵）①

（三一）《临境话庄周》

晓渚微风花影静
丛林翠竹鸟声幽
仙游脱俗堪行乐
恰似超凡化蝶周

（十一尤韵）②

（三〇）《观履生先生灯展有怀》

油灯闪烁照童年
苦读灯前习圣贤
偶折篁枝描壁影
丹青水墨入诗篇

（一先韵）③

（三二）《夜宿桃花峪》

峻绝山浓云出岫
崔巍水滟月初明
霞红暮露花丛里
雅兴晨闻喜鹊声

（八庚韵）②

（三三）《松竹双清》

惊蛰微风松作伴
清明细雨竹为邻
郊游野外尘烟落
日晓鸟啼景物新

（十一真韵）②

（三四）《日本京都赏樱花》

素屏含雾遐泉咽
尽处岚山径出霞
讵觉春风篁滴翠
当愁夜雨落樱花

（六麻韵）①

（三五）《兰吟》（一）

幽兰溪畔自成群
皎洁缤纷对夕曛
我信生灵皆有性
乾坤共畅散清芬

（十二文韵）③

（三六）《松月吟》

啸咏游敖薄醉醪
苍云滚滚起松涛
山重水复藏幽谷
出树川平皓月高

（四豪韵）④

（三七）《苍松风骨吟》

苍松独立何虬偃，
百尺凌空历雪寒。
雷震霜摧犹健劲，
昂然铁骨似龙蟠。

（十四寒韵）①

（三八）《泰山后石坞瀑布》

缓步松荫云杳杳，
清声激石叠波澜。
若夷履险苍苔上，
瀑布雄浑坠地寒。

（十四麻韵）②

（三九）《自嘲》

由衷素杰气豪雄，
亮节高风贯日忠。
松竹梅兰多一个，
含聪抱朴白头翁。

（一东韵）③

（四〇）《丛林夕照》

三秋云淡雁高飞，
石坞清馨绿草霏。
夕照丛林花影乱，
青松偃蹇映斜晖。

（五微韵）③

（四一）《征雁歌》

西阳夕照破鸿蒙
闪烁丹枫半岭红
世事尘凡难自料
雁征一字划长空

（一东韵）③

（四二）《泰山苍松甲万山》

偃蹇难辞墟瘦土
东天眷恋岱青闲
登岱子曰小天下
讵觉苍松甲万山

（十五删韵）②

（四三）《友人话别》

送夏清风幽竹静
迎秋晚露翠松凉
月明故友分离处
恰见庭前卷叶霜

（七阳韵）②

（四四）《探幽》

登山眺望白云淡
翠岫晴岚隐碧潭
选胜微风惊鸟梦
寻幽露雨润花酣

（十三覃韵）①

（四五）《清风蕉柳苏》

凭看谷隐蕉心卷
云湿应夸柳眼舒
唤醒幽情神自适
归途长啸好风徐

（六鱼韵）①

（四六）《泰山松泉》

怪诞蟠松树顶天
朝霞破晓泰山颠
枝撑翠影千寻岭
岸阔瀑悬万丈泉

（一先韵）④

（四七）《松竹秋塘》

雨浣疏篁流水岸
黄叶碧草落花蹊
青松掩映红蓼畔
绿竹寒塘白鹭啼

（八齐韵）②

（四八）《泰山西路》

缥缈青山溪谷深
苍松翠柏挂危岑
情牵竹雅星光照
意恋兰馨月坠林

（十二侵韵）④

（四九）《兰吟》（二）

栽兰素蕊两三盆
翠铸金钗浴日暾
蓓蕾三更陪月笑
清风入梦醉淳浑

（十三元韵）③

（五〇）《菊吟》

黄巢菊赋不平诗
壮志雄浑绝世姿
又到今年重九节
醉看霜菊去东篱

（四支韵）③

（五一）《黄海扬帆》

海浪荡荡起风波
涨满潮头濯水涡
雄峙槎山凌碣石
千帆竞发夜潮过

（五歌韵）③

（五二）《翠竹颂》

新篁素志疏清旷
亮节功崇淡而冲
碧落秋窗三更雨
苍穹沥沥半夜风

（一东韵）①

（五三）《忆外公的西北岛》

日近云遥过北岭
霞飞雾卷踏高岩
家乡意恋千崖绿
碧海沧浪眺白帆

（十五咸韵）②

（五四）《春之歌》

春风绿草遍山幽
春雨流芳百丈湫
春夜花香明月秀
春江滚滚向东流

（十一尤韵）③

（五五）《海平槎稳》

浪波不涌槎常稳
夕照霞蒸碧水平
海阔鸥飞礁峭外
一行白鹭日边鸣

（八庚韵）①

（五六）《泰山桃花峪》

桃源雨后通幽径
峭壁险岩掩夕晖
溪映桃花流水动
逍遥尘外不思归

（五微韵）①

（五七）《梅花君子德》

腊月高山夕日斜
雪中策杖访梅花
芒寒色正真君子
明德惟馨日月华

（六麻韵）④

（五九）《春燕戏波》

云腾雾卷风摇竹
细漾轻漪雨点荷
蝶舞花丛河畔柳
燕喃栩栩戏清波

（五歌韵）①

（五八）《泰山松颂》

苍松拔地穿崖出
铁骨虬枝树偃娇
瀑泄高悬涛影远
泰山耸立上云霄

（二萧韵）①

（六〇）《明湖春游》

柳叶垂霖空际动
柳枝滴翠舞春馨
明湖一片芙蓉水
小船酣游海佑亭

（九青韵）②

（六一）《济南萧洒似江南》

闪闪金浪千亩稻
荷花点点万渠莲
娇妖柳舞邀明月
白鹭惊飞水漫天

（一先韵）②

（六二）《登傲徕峰》

霞飘远岫浴丹峦
涧壑幽深响急湍
鸦噪浮云灵雨歇
蝉嘶碧树晓风残

（十四寒韵）③

（六三）《泪洗故山》

神疲露湿山光暗
力倦雾低日影阴
仰望槎山含热泪
老山处处泪痕深

（十二侵韵）①

（六四）《风扫碎叶》

晨曦雨后清溪碧
碎叶残花落藓苔
垂翠幽篁风扫径
无云宿鸟去还来

（十灰韵）①

（六五）《遥看铁槎山》

云光八宝丹崖廻
日照槎山九顶高
宛转滔滔千尺涌
悠扬滚滚一舟涛

（四豪韵）①

（六六）《蓬莱仙阁》

海上蓬莱开积翠
丹岩堰拱浪花边
东坡卧碑藏仙阁
海市蜃楼戏八仙

（一先韵）②

（六七）《疏林瘦月》

日暮寻幽云似帐
寒山残雪雁吟空
千崖万壑起青雾
空见疏林月似弓

（一东韵）②

（六八）《四君子》

疏松影落梅为友
雪霁兰花竹作朋
墨客天涯皆气合
骚人独乐颂昇恒

（十蒸韵）①

（六九）《咏梅》

风清月影忆梅魂
不折铁肌醉欲浑
玉洁冰清人共仰
寒香有信意皆尊

（十三元韵）③

（七〇）《白梅赞》

残山乱雪过风雷
缀玉梅花骤雨摧
浩态孤芳须善养
只留傲骨不攀魁

（十灰韵）③

（七一）《梅花吟》

寒风浩荡江天爽
欲散宿云月混苍
自古梅花多伴雪
只留气度傲冰霜

（七阳韵）①

（七二）《登高望月》

历历秋光海屿蹊
惊涛拍岸冷夜凄
烟低雾结天风隐
望远高山皓月低

（八齐韵）④

（七三）《槎山高端观苏山》

独立槎山涛拍岸

孤吟雅韵海空鸥

遥眸雁落苏山岛

惊系心潮数叶舟

（十一尤韵）②

（七四）《雪月征雁》

风物无边爽气凌

苍云夹乱万山腾

穿过征雁高空雪

雾敛烟凝月窟冰

（十蒸韵）④

（七五）《泰山傲岭峰》

采风独倚石边松

仰望泰山傲岭峰

水滟山浓云浮动

归途踏露绿荫浓

（二冬韵）③

（七六）《飞泻寒泉》

迢迢细雨垄边柳

虢虢秋溪柳下泉

散出清飔浮翠雪

飞琴水落泻寒弦

（一先韵）①

（七七）《闲吟》

碧藓荷边风飒飒
苍藤柳畔水潺潺
添苗落叶天规矩
乐合依然尽霁颜

（十五删韵）②

（七八）《我家门前山》

槎山拔海立胶东
霄汉孤高九顶空
碧海黑礁如铁铸
心潮澎湃在涛中

（一东韵）③

（七九）《游大明湖》

柳下蜿蜒生野蒲
清波淡荡一湖萍
燕喃微觉春风暖
游艇遥指海佑亭

（九青韵）②

（八〇）《秋韵》

天清夜冷雁声嘹
落月长林映碧峣
霜染云屏千嶂瘦
烟横雾帐叶初凋

（二萧韵）③

（八一）《闲吟》

过桥少俏不扶栏
杖履阿翁执竹竿
恰见风吹尘粉起
逍遥晚径莫攀峦

（十四寒韵）③

（八二）《月净寒梅》

春雷起蛰磐崖裂
攥錾虬枝似铁锵
月净寒梅馨溢冷
风吹玉缀夹冰霜

（七阳韵）①

（八三）《泰山西路之秋》

萧森灿烂三秋色
峭壁云深一径阴
日暖红莲多映水
风柔翠竹自成林

（十二侵韵）①

（八四）《桃源意惠》

碧水青松浴日暾
苍茫万壑水泉浑
蛟龙出没霞云里
意惠桃源泽子孙

（十三元韵）④

（八五）《童年小园》

新林碧竹上云端
风雨萧萧翠影寒
夕照轻烟花素静
疏明亮节鸟声欢

（十四寒韵）③

（八六）《北园之秋》

一水溪流两畔花
柳垂两岸一蹊斜
风吹稻谷飘清馥
雨霁晴空舒彩霞

（六麻韵）④

（八七）《梅魂》

横斜玉干经风雨
透甲清香傲雪霜
璀璨梅花精气健
芳魂素心节操刚

（七阳韵）①

（八八）《登碧霞祠有怀》

泰岱凌空相望冷
碧霞极顶客竞攀
仙桥仰望红尘外
俯视天街七彩间

（十五删韵）②

（八九）《路迷访梅迟》

渺然欲访寒梅影
无奈林深入路迷
夜雨东风敲玉杪
春芳晚径落花泥

（八齐韵）①

（九〇）《观山带云归》

秋深凝叶映高晖
荟蔚霜清染翠菲
窸窣溪流淳秀色
山浓水滟带云归

（五微韵）③

（九一）《春秋故事感怀》

草动林深藤淡荡
霞芬雾蔚露微冷
庄周熟睡花园里
物我两忘蝶梦醒

（九青韵）②

（九二）《红梅赞》

历历寒雪花弄影
风鸣万壑月留踪
清霜滴翠红梅润
散落乾坤馥更浓

（二冬韵）②

（九三）《登泰踏秋》

岱岳松风萧万壑
瀑飞夕照向清流
寒云忽见踏脚底
大雁飞过又一秋

（十一尤韵）②

（九四）《家乡秋月》

万壑群山绝雨蒙
清秋邀看月当空
浪涛击石惊光照
水碧天涯映彩虹

（一东韵）④

（九五）《秋竹夕照》

幽篁亮节玉成竿
细雨潇潇碧影寒
远望江边霞欲暮
秋山夕照晚风残

（十四寒韵）③

（九六）《春林》

碧草朝霞花灼灼
清池夜雨水溶溶
山青潋滟三春至
雾结云封万树秾

（二冬韵）②

（九七）《郊游吟》

青○云○冉•冉•千○山○绿•
树•隙•溪○流○水•浣•花○△
晚•暖•郊○游○歌○踏•行•
归○途○老•稚•夕•阳○斜○△

（六麻韵）①

（九九）《秋月雁鸣》

阵•阵•秋○风○吹○落•叶•
雁◎声○远•过•白•云○衢○△
轻○烟○夜•色•凉○如○水•
皎•月•煌○煌○出•海•隅○△

（七虞韵）②

（九八）《忆童年》

九•顶•铁◎槎○千○岸•秀•
云○光○八•宝•一•洞•幽○△
霞○飞○海•礁◎涛○声○急•
荡•荡•清○波○万•里•舟○△

（十一尤韵）②

（一〇〇）《池畔清风》

绿•野•峰○遥○云•漠•漠•
微○涓○暖•滴•水•冷○冷○△
清○风○翠•露•修○篁•雅•
柳•静•荷○香○半•泊•青○△

（九青韵）②

（一〇一）《山花野草吟》

雾洗苍苔雨霁晨，
晴和朗润自天申。
山花染露幪羞色，
野草吟风散蔚醇。

（十一真韵）④

（一〇二）《石榴》

映日榴花带雪红，
娇堪艳赛玉玲珑。
含丹披翠空中挂，
叶瘦枝垂锦绣丛。

（一东韵）④

（一〇三）《读〈菜根谭〉有怀》之一

花开落谢水随移，
江暖江寒草满蹊。
意慕清心明澈澈，
天天应物映朝曦。

（四支韵）③

（一〇四）《孤槎渡川》

悬岩落雾碧江寒，
浪急湍流阴险滩。
槎渡孤川堪济伟，
清泉激石叠波澜。

（十四寒韵）③

（一〇五）《岱庙汉柏》

寿高汉柏似龙姿
蒂固根深独自持
雨后凌霄飘蔚馥
堪称古色古香诗

（四支韵）③

（一〇六）《桃花峪之春》

曲径通幽暖日春
山浓欲染绿潭淳
桃花翠岭千林静
垂露珠澄草木新

（十一真韵）④

（一〇七）《葡萄》

葡萄蔓秀落凭栏
妙相青躯老树蟠
晶莹欲滴香酹酒
珍珠翡翠缀琨盘

（十四寒韵）③

（一〇八）《翠竹红莲》

淡雅新篁生傲骨
孤高亮节宜贤人
秋池起舞红莲媚
艳丽娇娆不染尘

（十一真韵）②

（一〇九）《野鹤红梅》

高空野鹤漫游扬
壑上红梅散馥香
雨卷烟舒诗意里
清风缥缈著瑶章

（七阳韵）③

（一一〇）《万籁之音》

竹晃风吟吹玉笛
芭蕉雨打似弹琴
高山流水琵琶曲
心静细听万籁音

（新编十五痕韵）②

（一一一）《重阳赏菊》

赏菊重阳蕾正开
秋风日伴净尘埃
吞霜吐露香飘远
引得南山墨客来

（十灰韵）④

（一一二）《咏柳》

摇风蔚态散芳菲
黛色垂荫影翠微
柳絮轻飘迎日晓
浓华不斗唤春归

（五微韵）③

（一一三）《观墨龙兄书画展》

谦翁枕砚五旬年
梦蝶庄周习圣贤
墨泼挥毫诗意邃
龙超俗境鹤游天

（一先韵）③

（一一四）《槎山飞雨》

层峦细雨落山泉
喷雾幽林七彩悬
气韵苍然屏淡翠
白云缥缈绕青峦

（一先韵）③

（一一五）《醉春》

垂柳轻摇风入梦
骀丝翠荡夺霞光
春蕾醴醉酣晨露
遍野千花竟艳芳

（七阳韵）②

（一一六）《水仙花》

香仙水下素心冷
玉洁冰清映野汀
道骨仙风尘不染
浮香暗动透云屏

（九青韵）③

（一一七）《清明》

春风翠柳添新叶
碧水随花散暗香
泛艇隔江云乍起
观山雾卷满青苍

（七阳韵）①

（一一八）《竹梅双清》

清湍泻濑卷熏云
映日红埃艳欲焚
翠竹生风翻碧影
梅花有信散清芬

（十二文韵）③

（一一九）《读〈菜根谭〉有怀》之二

触耳鸡鸣家犬吠
方觉世界静空朦
闲听鸟噪蝉吟意
恍在乾坤缥缈中

（一东韵）②

（一二〇）《读〈菜根谭〉有怀》之三

夜静窗前风月竹
烟霞俱足草茅间
玄含妙蕴皆诗料
养性怡情恕自闲

（十五删韵）②

（一二一）《咏竹》

花经雨雪摧归土
竹历霜雹自恋群
翠叶和风消酷暑
节高待月好风薰

（十二文韵）①

（一二二）《梦中泛舟》

青莲映翠水中斜
虹彩潭中草际葭
月下花容风拂柳
半真半幻泛仙槎

（六麻韵）③

（一二三）《秋山雨霁》

山清霁淡净芳芬
日落和风对夕曛
雨后听泉琴籁韵
秋深望远卷祥云

（十二文韵）③

（一二四）《松风赞》

青松扎根峭岩中
爪叶虬枝浩气冲
风雨冰雪无畏缩
昂头萧洒傲长空

（一东韵）③

（一二五）《芭蕉》

叶叶多情举翠旗
珠滴玉露响春池
芳心卷晓丹葩馥
碧绿灵苗万物熙

（四支韵）④

（一二六）《登高望远》

登高望远心怡旷
望海观潮好远乘
雪夜读书神逸静
晴天独啸爽高凌

（十蒸韵）①

（一二七）《胡杨颂》之一

胡杨老树遮风雨
西域张骞踏日晖
汉武丝绸陈路在
全球造福众心归

（五微韵）①

（一二八）《胡杨颂》之二

偃草蓊荟空荡动
胡杨滴翠滚香珠
清秋又染丹青树
五彩缤纷锦绣衢

（七虞韵）②

（一二九）《胡杨颂》之三

胡杨璀璨岁寒枝
恰似龙蟠舞虬姿
苦叶冰心佛性在
古香古色画中诗

（四支韵）③

（一三〇）《胡杨颂》之四

清秋气爽彩霞飞
旷野微曛偃草菲
夕照深林花似锦
胡杨顶叶挂苍晖

（五微韵）③

（一三一）《胡杨颂》之五

清风霡霂散芳菲
黛色幽深映夕晖
纵挺胡杨脾气拗
苍然昂首唤春归

（五微韵）③

（一三二）《胡杨颂》之六

胡杨挺立傲苍穹
玉叶琼枝浩气雄
历雪经寒摧骤雨
荣枯不计是君风

（一东韵）③

(一三三)《胡杨颂》之七

胡杨百尺天光冷
万仞虬枝舞霰虹
守护丝路泽世界
千年老树立新功

(一东韵)①

(一三四)《胡杨颂》之八

胡杨老树啸声远
万丈凌空历雪天
雷震霜摧犹健劲
铿锵铁骨四千年

(一先韵)①

(一三五)《胡杨颂》之九

胡杨拔地穿垲出
挺直龙蟠上九霄
雨打风吹涛声远
雄浑屹立映春朝

(二萧韵)①

(一三六)《胡杨颂》之十

阵阵秋风吹大地
胡杨闪烁夕阳红
和平共处丝绸路
一行征鸿划太空

(一东韵)①

（一三七）《三亚草堂》

高巉峡谷璀琼花
白鹭飞翔雨后霞
绚丽棕榈金海岸
观潮草屋在天涯

（六麻韵）③

（一三八）《仙境红沙湾》

红沙四壁岫环春
暖润清风邃海滨
金铸棕榈仙境处
东方日晓曙光新

（十一真韵）③

（一三九）《三亚红沙湾》

绿树棕榈风月夜
红沙海角水云晨
彩霞白鹭相翔舞
万紫千红永是春

（十一真韵）②

（一四〇）《草堂窗外景》

春风卉巘山林静
旭日鸥啼海溢幽
碧水青天氛融合
红沙浅海泊渔舟

（十一尤韵）①

（一四一）《红沙风光》

红沙海汐鸟声多
明媚风光景色和
草偃花香飘膏馥
堤边白鹭戏清波

（五歌韵）③

（一四二）《南国之春》

春山四壁翠屏间
南国红沙水滟湾
拂晓缤纷花态活
风漂小舸水潺潺

（十五删韵）③

（一四三）《海角仙境吟》

北国冰封大雁飞
花开南国草芬菲
天涯海角胜仙境
决眦幽燕落夕归

（五微韵）④

（一四四）《三亚之冬》

棕榈绿叶溅珠翠
杏树红花放翡光
细雨千鸥鸣碧海
微风百嶂叠青苍

（七阳韵）①

（一四五）《三亚胜景》

天涯四季赏红花
海角温风汐浣沙
万水千山皆秀色
翱翔白鹭舞朝霞

（六麻韵）③

（一四六）《泰山大王松》

根深蒂固大夫松
耸立泰山似巨龙
老树高龄千万载
当年浩受始皇封

（二冬韵）③

（一四七）《庐山颂》

紫气仙洞矗险峰
银河落地化乌龙
高山仰止长江岸
景行庐山赏雾松

（二冬韵）④

（一四八）《荷花吟》

荷香十里水溶溶
泛舟观花画意浓
漫道明湖全冷露
污泥不染俏芙蓉

（二冬韵）③

（一四九）《闲吟》

长绳系日无绳系
何不比翅一起飞
只在年轻更努力
才能老大不伤悲

（五微韵）①

（一五一）《国魂吟》

炎黄逸雅诗书画
华夏文明铸国魂
浴火重生迎旭日
承前启后馥乾坤

（十三元）①

（一五〇）《春风朗月吟》

层岚叠嶂彩云中
朗朗春风月挂空
国色天香时盛世
繁华似锦映山红

（一东韵）③

（一五二）《春风徐来》

偃蹇青苍松挺直
疏枝暗香腊梅开
寒崖骤暖冰封解
正是春风吹又来

（十灰韵）②

（一五三）《观曦林画展有怀》

旭日曦光山水秀
春晨林茂鸟花新
丹青画妙含诗意
翰墨展扬故里亲

（十一真韵）②

（一五五）《雄峙东天》

苍松翠柏立山巅
瑶草奇花缀满川
五岳之尊宗泰岱
巍然屹立砥东天

（一先韵）③

（一五四）《四代同堂》

良辰喜鹊登门第
瑶草琪花散馥淳
吉日麒麟天使到
祖孙四代满堂人

（十一真）①

（一五六）《忆故乡胶东之春》

冰解冻释日升东
草木青葱锦绣丛
百鸟齐鸣清籁韵
蒸蒸日上彩云中

（一东韵）③

（一五七）《泰山寒松颂》

贞松耸拔立苍林
万古长青对夕吟
铁铸虬枝摧雨雪
荣枯不计岁寒心

（十二侵）③

（一五九）《黄山松峰似仙境》

神工鬼斧造奇峰
梦笔生花四客松
景行黄山看北海
人间梦境仙气浓

（二冬韵）③

（一五八）《三亚红沙湾有怀》

青山绿水透云屏
海不扬波落汐冷
忽见游槎穿雾过
惊飞白鹭满天星

（九青韵）③

（一六〇）《岁寒三友》

穿云竹冷经风雨
裂石松寒傲雪霜
出峭梅花如铁铸
岁寒三友万年芳

（七阳韵）①

（一六一）《竹吟》

高风亮节凌空志
潇洒纵横独自闲
翠竹虚心谦意重
轻云疏影满寒山

（十五删韵）①

（一六二）《明湖赏荷》

明湖景色四时佳
海佑亭前赏藕花
出水芙蓉花溅泪
霞云缥缈夕阳斜

（六麻韵）③

（一六三）《赏菊》

田家莫笑瓦盆情
赏菊登高馥气清
讵知花心通佛性
含霜吐露不争荣

（八庚韵）③

（一六四）《怀念许麟庐先生》

恭颂恩师八斗才
暮年隐住竹萧斋
高风亮节听篁籁
桃李琪花遍地开

（十灰韵）④

（一六五）《四君子赞》

松竹梅兰是我师
风摧雨打独支持
荣枯不计真君子
宠辱无惊画外诗

（四支韵）④

（一六六）《泰山苍松》

忽闪晦冥风雨骤
垂藤拂动舞长空
苍松挺立似龙吟
雄峙泰山峻峭中

（一东韵）②

（一六七）《春之梦境》

小雨丝丝发树芽
轻云冉冉见飞花
灵和标格春来早
虹彩浮空景色佳

（六麻韵）④

（一六八）《闲吟》

黄鸟悲诗正入耳
阳春白雪合音孤
陆游肯付张绪柳
春草池塘万户苏

（七虞韵）②

（一六九）《忆竹林七贤》

山幽水秀修篁茂
无鸟林中有鸟声
七贤仙游尘世外
刘嵇又在叔旧情

（八庚韵）①

（一七〇）《轻舟泛月》

秋风冉冉莲花发
细雨丝丝柳絮萦
水上涟漪飞鸟绝
轻舟泛月雨初晴

（八庚）①

（一七一）《泰山松泉》

银河倒挂化潭龙
长寿桥前瀑水溶
扇子崖屏云缥渺
步云桥上望人松

（二冬韵）③

（一七二）《仰拜泰山》

翠柏青松云杳杳
湫波潋滟水淙淙
红门仰望经诗峪
亭前再拜六朝松

（二冬韵）②

（一七三）《三亚红沙湾》

晴和晓日移华影，
有信东风暖万家。
万里清晖鸣海鸟，
朝阳散彩照平沙。

（六麻韵）①

（一七五）《泰山松颂》

龙吟浩气啸终日，
披露迎风傲雪霜。
松树枝枝皆万岁，
流芳百世矗沧桑。

（七阳韵）①

（一七四）《青松颂》

青松铁骨傲冰雪，
立地参天德不孤。
气节千秋啸万里，
天荒地老不荣枯。

（七虞韵）①

（一七六）《五大夫松吟》

青松遮雨帝王封，
四海扬名大夫松。
皇帝千年先驾崩，
巍然老树似蛟龙。

（二冬韵）③

（一七七）《高秋雁吟》

无风地上霜林静
天上无云海水平
寝寞顿时谁击破
高秋一阵雁吟声
（八庚韵）①

（一七八）《泰山桃花峪》

水淡生烟花竞发
云青欲雨竹凌空
春来遍是桃花水
万壑千山缥缈中
（一东韵）②

（一七九）《野鹤游天》

微风翠竹一山幽
细雨青松万壑秋
梦境茫茫归野鹤
寒空万里信天游
（十一尤韵）③

（一八〇）《海韵》

大海滔滔水所归
江山一统玉轮巍
祖遗南海诸礁岛
守卫海军示国威
（五微韵）④

（一八一）《泰山灵岩寺吟》

参天绿树飘秋雨
沟壑溪流映日巉
雁叫高空虹彩外
人间仙境在灵岩

（十五咸韵）①

（一八二）《忆故乡山色》

屏山露湿妆芳树
淡日疏烟透瑞花
飒飒春风摇翠柳
槎山四季映朝霞

（六麻韵）①

（一八三）《院介交响曲》

一群鸥嚣潮头雪
两行雁吟海峡浔
船靠码头鸣汽笛
浪弹礁石无弦琴

（十二侵韵）①

（一八四）《观尚连壁先生书画展》

珠联璧合画书缘
学养天资卓有渊
天道酬勤功力邃
丹青品德颂千年

（一先韵）③

（一八五）《忆故乡铁槎山》

日燠风微山水暖
满开遍地映春花
清香耐有含诗意
铁铸槎山万缕霞

（六麻韵）②

（一八七）《忆童年外婆家》

晨闻百鸟悲诗曲
身在梦惊缥缈中
欲出庭前看日色
忽然坠入百花丛

（一东韵）①

（一八六）《锦绣川》

细雨春风绿荫多
轻云冉冉夕阳过
烟低雾结丹崖树
影落溪流潋滟波

（五歌韵）④

（一八八）《泰山日出》

千松万壑飘虹彩
众鸟高空比翼飞
冉冉轻云流疏影
泰山日出更岿巍

（五微韵）①

（一八九）《梅花吟》

遮天盖日降冰霞
疑是仙女下散花
雪披梅花随意著
寒香万里共天涯

（六麻韵）①

（一九〇）《蒙山写生路上》

叠嶂蒙山春雨后
云绕涧壑路沉迷
幽林深处泉流急
树上惊飞喜鹊啼

（八齐韵）②

（一九一）《闲吟》

河山写意美如画
墨泼江山万象春
酒画醉诗皆入品
晴雷血雨不惊人

（十一真韵）①

（一九二）《竹吟》

微风细雨池塘草
白鹭啼鸣柳树娇
花谢花开随水去
依然苦竹翠旗飘

（二萧韵）①

（一九三）《闲吟》

阳春有脚自天申
春草池塘无故人
五柳闭门高士去
莺音长啸有余呻

（十一真韵）③

（一九五）《中越边疆路上》

千嶂远望山外山
万木春林展秀颜
古树藤垂尽日蒸
幽林深处鸟知还

（十五删韵）③

（一九四）《蓬莱仙岛》

海波荡荡蓬莱岛
过海八仙造化功
登阁遥看蜃楼外
天仙圣境彩云中

（一东韵）①

（一九六）《丽江吟》

绿柳红花山杳杳
苍茫耀锦雾江边
晴空一缕斜光照
忽见飞漂丽水船

（一先韵）②

（一九七）《故乡秋夜》

雨过流云碧影闲，
秋风刮断月晕环。
残红落叶凝幽谷，
大雁高鸣霜落山。
（十五删韵）④

（一九八）《胶东昆嵛山》

微风绿树柳含烟，
细雨朝云翠微巅。
百嶂纵横秋色里，
高巉瀑布断崖悬。
（一先韵）③

（一九九）《竹吟》

冲天翠竹上云霄，
亮节高风万仞超。
留得虚心真傲骨，
君风典范映光韶。
（二萧韵）③

（二〇〇）《梅花吟》

俊俏梅花輾冻霰，
晴空皎月落清粼。
铁枝玉梢忠贞范，
雪蕾冰心不染尘。
（十一真韵）②

（二〇一）《槎山如铁》

雨后槎山如铁铸
高峰九顶上霄凌
惊涛拍岸振天地
大海奔腾旭日升

（十蒸韵）②

（二〇二）《赏油菜花》

黄花似海客如潮
客与菜花俩互瞧
客看黄花飘妙馥
花瞧贵客更妖娆

（二萧韵）③

（二〇三）《兰花吟》

绿叶紫茎抱素魂
灵芬日蒸满乾坤
悬崖倒挂飘莹翠
万里晴空兰麝浑

（十三元韵）④

（二〇四）《三亚观潮堂》

房前近水观双月
屋后依山闻鸟声
白鹭云衢舒翮舞
红沙绿树夕阳虹

（八庚韵）①

（二〇五）《平湖秋色》

平湖浩浩千荷冷
旷野冥冥万木秋
起舞人归丹树郭
高鸣雁落白芦洲

（十一尤韵）①

（二〇六）《一梦八十年》

枕砚难眠八十年
丹青梦里写山川
承前启后诗书画
斩棘披荆别有天

（一先韵）④

（二〇七）《荷吟》

一阵秋风吹藕叶
翠盘滚滚缀珠银
荷香万里明湖外
出水芙蓉不染尘

（十一真韵）②

（二〇八）《牡丹吟》

娇妍滴翡降祥云
国色天香捣麝芬
醉酒杨妃同赛舞
花魁万古馥香薰

（十二文韵）③

（二〇九）《才德惟馨》

雨洒丹青千岭树
桂香万壑笔生花
天人合一诗中画
才德惟馨日月华

（六麻韵）②

（二一〇）《牡丹吟》

花魁醉月意相思
夜色微醺人未知
四月阳春花竞发
为谁苦苦作娇痴

（四支韵）③

（二一一）《漓江春雨》

格高逸雅诗书画
胜券飞红遍地花
春雨漓江流水急
秋云桂树馥清华

（六麻韵）①

（二一二）《闲吟》

笔落千钧入木痕
丹青水墨铸诗魂
排山倒海惊天地
泼墨挥毫泣鬼神

（新编十五痕）④

（二一三）《忆故乡铁槎山》之一

云光八宝铁槎山
登上极峰手摸天
九龙池中生雾鱮
千真洞里少两仙

（新编十四寒）③

（二一四）《忆故乡铁槎山》之二

西横老鳊无咀石
东立马头有肖巉
山前和风浪拍岸
山后雨霁舞春燕

（新编十四寒）①

右侧两首合并即为一首七言律诗

（二一五）《百猴图题诗》之一

天堂就在地球村
共处和平永是春
天地三界通正道
十方万灵本亲邻

（新编十五痕）③

（二一六）《百猴图题诗》之二

高山月照青光影
茂树林深不染尘
大地中华逢盛世
齐天宠子逞精神

（新编十五痕）①

右侧两首合并即为一首七言律诗

（二一七）《铁槎山有怀》

高云耸出清凉顶
浩渺烟波大海边
叠嶂层岚如锦绣
风调雨顺太平年

（一先韵）①

（二一八）《赠友人》

长松挺立岱宗巅
龙骨蟠枝一万年
大国军魂振四方
将居盛世保平安

（新编十四寒韵）③

（二一九）《寒松生风》

寒松百尺生风冷
幽谷鸣泉落霰霏
雨洒层峦芳草路
风飘慢卷白云归

（五微韵）①

（二二〇）《徐闻古港》

海上丝绸第一港
共处和平是天罡
三墩大汉灯楼角
古港徐闻海磙苍

（十六唐韵）②

（二二一）《秋高气爽》

疏烟淡日秋霜白
缀叶飞花荡碧波
红树青山千岭瘦
平沙雁舞人欢歌

（五歌韵）①

（二二二）《泉城吟》

出水芙蓉花有态
明湖映柳月多情
一城山色春风里
七十二泉锦绣城

（八庚韵）②

（二二三）《三沙吟》

碧水青天四季春
滔滔大海宜游人
花红树绿烟尘淡
日出东方曙色新

（十一真韵）④

（二二四）《修竹吟》

新篁沐浴桃花雨
一夜冲穿霄汉云
雪地冰天翻翠影
炎烝酷暑散清芬

（十二文韵）①

（二二五）《泰山写生》

泰岱写生依峻岭
采风石坞踏高岩
鸣泉涧壑飞湍急
一缕青云破石巉
（十五咸）②

（二二六）《忆故乡铁槎山》

槎山九顶耸崔巍
素裹红装花草菲
旭日东升飘七彩
扬帆出海逐浪飞
（五微韵）③

（二二七）《苍松颂之一》

苍松挺直撑天起
冷对冰霜亘地蟠
暴雪寒冬过远岫
铜干铁枝立层峦
（十四寒韵）①

（二二八）《苍松颂之二》

泰岱苍松经日月
风风雨雨立乾坤
春回大地花相伴
冰雪寒冬竹作邻
（十一真韵）②

（二二九）《山荫四君子》

含辗梅花香遍地
新篁初发翠连天
兰花馥透千寻谷
劲挺青松万仞巅

（一先韵）②

（二三〇）《海角天涯吟》

海角微风浪浣沙
天涯细雨润红花
三亚四季皆春日
碧海蓝天映彩霞

（六麻韵）②

（二三一）《三亚赞》

薰风三九花如海
疏雨寒冬草木萌
玉海琼峰迎旭日
长年三亚百花荣

（八庚韵）①

（二三二）《海南吟》

春风吹过千花醉
细雨飘来四季芳
南海旅游如梦境
温馨祥和似天堂

（七阳韵）①

（二三三）《长清风景》

云苍湿地风吹柳
露白清池雨点荷
遍野满山花影动
丛林绿树鸟声多

（五歌韵）①

（二三四）《庐山吟》

江水奔腾归大海
初心万物向朝阳
春回大地风神秀
七彩庐山叠翠苍

（七阳韵）②

（二三五）《幽兰吟》

壑谷幽兰凝月色
翠莹倒挂夺霞光
迎风绿叶冷霜劲
飘馥花开浥露芳

（七阳韵）②

（二三六）《泰山顶上一青松》

拔地擎天云出岫
六朝遗植月当空
铜干铁枝精神健
偃蹇龙蟠豪气雄

（一东韵）②

（二三七）《泰山雨后》

扇崖耸立千寻岭
长寿桥前万丈泉
一阵春风青满地
云收雨霁翠连天

（一先韵）①

（二三八）《三亚吟》

七彩朝霞晨气润
三春海港晓风柔
微风原野花香静
细雨深林鸟语幽

（十一尤韵）②

（二三九）《灵岩长青写生》

春雾飘风千嶂秀
夏云带雨满池泓
灵岩峻岭看山色
湿地长青闻鸟声

（八庚韵）②

（二四〇）《故乡美》

红装素裹风光媚
雨顺风调景色和
河口故乡美若画
涛声依旧伴渔歌

（五歌韵）①

（二四一）《白头乌吟》

借问乌儿替谁愁
破壳刚生就白头
乌儿嘁喳无解语
明天展翅信天游

（新编候韵）③

（二四二）《齐河吟》

蹊塘两行迎风柳
湿地千倾出水莲
鸟唱秋林红树里
鹤游霄汉白云边

（一先韵）①

（二四三）《三亚郊外景》

深山雨霁花含笑
幽谷溪流水向荣
野鹤游天云外舞
海鸥觅食水边鸣

（八庚韵）①

（二四四）《藻鉴堂吟》

春水一湖藻鉴堂
红桃四壁花骑墙
清风拂柳吟新诗
起舞幽燕沾墨香

（七阳韵）④

（二四五）《生灵与共吟》

湖枯水浅鱼相濡
雪压寒梅花恋株
与共生灵当点赞
和风时雨万魂苏

（七虞韵）③

（二四六）《故乡之秋》

飞鸿高舞红云外
喜鹊鸣啼绿树端
一阵秋风吹大地
彩虹万里绕青峦

（十四寒韵）①

（二四七）《寒梅傲雪》

乃苍气厚风吹柳
犹润神和雨霂篁
盖有百花凝月色
梅花独自傲雪霜

（十七阳韵）①

（二四八）《示寵孙》

亮节高风解忧愁
更生自力享天酬
神仙不是救世主
何必烧香乱叩头

（十一尤韵）④

（二四九）《铁槎山夕照》

霜染秋山万树红
铁槎夕照破鸿蒙
海风卷起千堆雪
飞渡渔舟浩瀚中

（一东韵）④

（二五一）《故乡铁槎山》

白鹭高空舞彩霞
细浪海滩雁戏沙
山浓欲染春风绿
遍野盛开老树花

（六麻韵）④

（二五〇）《石坞雨后》

叠嶂苍茫丹日照
深潭雨霁碧波涵
迎春花发黄正艳
翠柏青松绿已酣

（十三覃韵）②

（二五二）《肥城桃园游记》

熙融和光春雨早
杏花缀落桃花开
神幽净与花兢里
游客归去又再来

（十灰韵）②

（二五三）《泰山青松赞》

青松耸峙立苍空
铁骨铜肌君子风
历雪经霜犹挺劲
宁残不曲真英雄

（六麻韵）③

（二五四）《梅傲霜雪》

霜凝洼地雪封山
冬眠千林百鸟还
唯有梅花生傲骨
盛开险峻意邀闲

（十五删韵）③

（二五五）《春回大地》

大地回春山水秀
春燕点水啼声幽
桃开杏落千寻岸
川流悬崖百丈湫

（十一尤韵）②

（二五六）《白香雪》

白梅铁骨傲寒霜
一阵东风带雪香
玉洁冰清别有韵
横斜顶枝白花光

（七阳韵）③

（二五七）《春山旭日》

旭日三春花灼灼
微风细雨草菲菲
泉流幽谷琴声籁
翠柏苍松带曙晖

（六麻韵）②

（二五九）《丽江春色》

丽江两岸千寻竹
江中飞漂一叶舟
崖壁满开花似锦
风吹翠竹鸟声幽

（十一尤韵）①

（二五八）《童年花园之春》

细雨丝丝新绿长
春风飒飒落红飞
啼吟雅韵莺初出
戏水空翻燕未归

（五微韵）②

（二六〇）《雪伴白梅》

远望千株香瑞雪
近看雪伴白梅花
傲骨冰心清霞气
吐馥乾坤日月华

（六麻韵）①

（二六一）《趵突泉》

天下名泉第一泉
喷波趵突礼花妍
君帅七十一泉涌
花月流泉柳缀烟

（一先韵）④

（二六三）《曲阜之春》

李树开花桃树艳
一丝霞彩绕尼山
大河锦绣涛声远
户户飞燕意自闲

（十五删韵）②

（二六二）《故乡明月》

槎山九顶彩云合
水秀山高树影深
拍岸惊涛明月峡
滔滔大海白浪浔

（十三侵韵）①

更正

三十八首应为（十四寒韵）
二五三首应为（一东韵）
二五七首应为（五微韵）

以上七言绝句题画诗中有各种韵脚和四种平仄格式每一首诗后都有标注

①种平仄格式有八十首
②种平仄格式有六十七首
③种平仄格式有八十三首
④种平仄格式有三十三首

共计二百六十三首

七言律诗一首

《铁铸江山》

辽宁航母破浪声
正是强军事竟成
百载国耻洪潮洗
三生庆幸有尊荣
和平诸国皆振奋
敌视狂人自暗惊
祖国江山如铁铸
扬眉百姓享太平

七律（八庚韵）③加①

声韵典要

声韵典要（平仄速记法）

凡例：○代表平 ●代表仄 △代表韵脚 ⊙代表不论平仄

【五言绝句】有四种声韵格式

①

●●○○●
○○●●○△
○○○●●
●●●○○△

①为平仄格式之源
②③④皆由①演变而成
①有两个韵脚，先仄平，后平平

②

○○○●●
●●●○○△
●●○○●
○○●●○△

②由①演变而成：①中前两句和后两句位置对调，即为②
②有两个韵脚，先平平，后仄平

③

●●●○○△
○○●●○△
○○○●●
●●●○○△

两句相同

③由①演变而成：①中去掉第一句复制第四句做第一句，即为③。③有三个韵脚，一句为平平，二句为仄平，四句为平平

④

○○●●○△
●●●○○△
●●○○●
○○●●○△

两句相同

④由②演变而成：②中去掉第一句复制第四句做第一句，即为④，④有三个韵脚，一句为仄平，二句为平平，四句为仄平

【五言律诗】有四种声韵格式：

五言绝句①加①
即为五言律诗（一）
有四个韵脚

（一）

①
●●○○●
○○●●○△
○○○●●
●●●○○△
（对仗）

①
●●○○●
○○●●○△
○○○●●
●●●○○△
（对仗）

五言绝句②加②
即为五言律诗（二）
有四个韵脚

（二）

②
○○○●●
●●●○○△
●●○○●
○○●●○△
（对仗）

②
○○○●●
●●●○○△
●●○○●
○○●●○△
（对仗）

五言绝句③加①
即为五言律诗（三）
有五个韵脚

（三）

③
●●●○○△
○○●●○△
○○○●●
●●●○○△
（对仗）

①
●●○○●
○○●●○△
○○○●●
●●●○○△
（对仗）

五言绝句④加②
即为五言律诗（四）
有五个韵脚

（四）

④
○○●●○△
●●●○○△
●●○○●
○○●●○△
（对仗）

②
○○○●●
●●●○○△
●●○○●
○○●●○△
（对仗）

关于【五言律诗】声韵格式。还有一种速记方法。

五言绝句①加①

即为五言律诗（一）

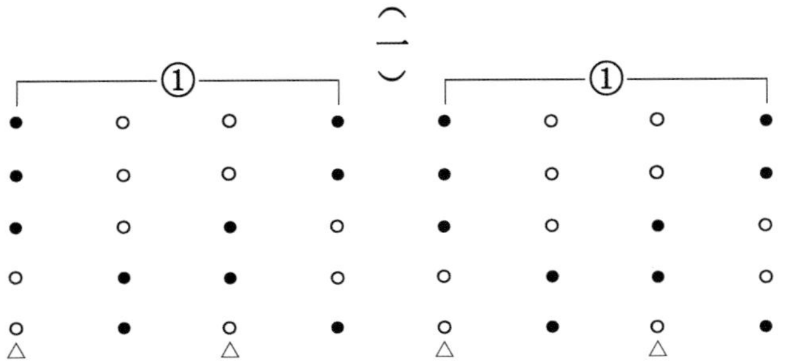

五言绝句②加②

即为五言律诗（二）

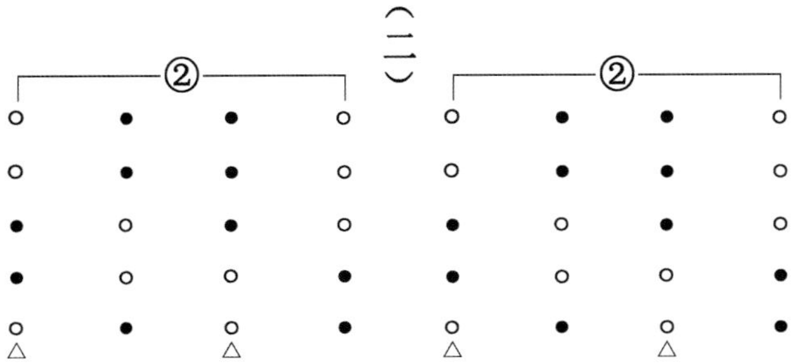

五言绝句①加①

去掉第一句，复制

第八句做第一句，

即为五言律诗（三）

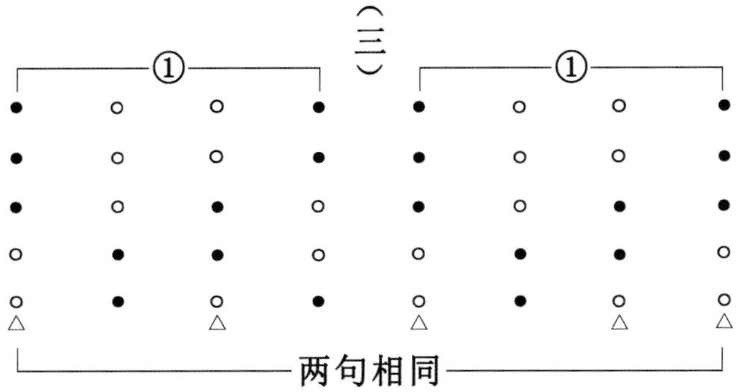

五言绝句②加②

去掉第一句，复制

第八句做第一句，

即为五言律诗（四）

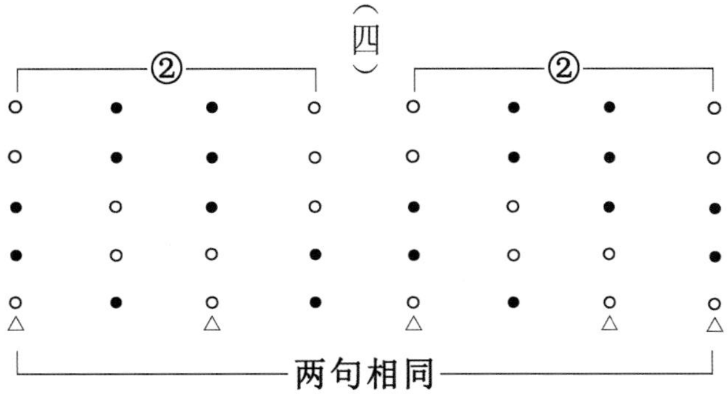

五言绝句、七言绝句、五言律诗、七言律诗，每一种诗都有四种平仄格式。
五言绝句每句，句首是平平者，前面加仄仄，是仄仄者加平平，即是『七言绝句』。
五言律诗每句，句首是平平者，前面加仄仄，是仄仄者加平平，即是『七言律诗』。

长律由五言律诗叠加而成，除起首两句和末尾两句外，其余各句均须对仗。

五言绝句和五言律诗第一个字、第三个字可以不论平仄；七言绝句和七言律诗第一个字、第三个字、第五个字不论平仄。但诗中仄平韵脚者不宜改变，以避免出现孤平现象。

作诗要靠灵感。灵感是什么？是思维之爆发力。诗兴大发之时，迅速记下腹稿，在腹稿上划出平仄和韵脚，扣对相近诗中四种格式之一，加以调整，反复推敲琢磨数日，甚至数月，直至诗成。

诗韵摘抄

（佩文诗韵）

上平声（平声）

【一东】东同铜桐筒童瞳中衷忠虫终戎崇嵩弓躬宫融雄熊穹穷冯风枫丰充隆空公功工攻
蒙朦濛笼聋胧珑洪红鸿虹丛翁聪通蓬篷烘胧砻峒梦冻忡恫总侗窿隆懵庞种盅艨绒葱匆

【二冬】冬咚彤农侬宗踪淙锺钟龙茏春松淞冲容榕蓉溶庸佣慵封胸凶匈汹雍痈浓脓重从

【三江】江缸窗邦降双泷庞撞豇扛杠腔梆桩幢蛩

【四支】支枝肢移为垂吹陂碑奇宜仪皮儿离施知驰池规危夷师姿迟龟眉悲之芝时诗棋旗
辞词期祠基疑姬丝司葵医帷思滋持随痴维卮麋螭麾墀弥慈遗肌脂雌披嬉尸狸炊湄篱兹
差疲茨卑亏蕤骑歧岐谁斯澌私窥熙曦欺疵赀羁彝髭颐资縻饥衰锥姨祗涯伊追蓍缁萁箕

【五微】微薇晖辉徽挥韦围帏违闱霏菲妃飞非扉肥威祈畿机几讥玑稀希衣依归饥矶欷诽

【六鱼】鱼渔初书舒居裾琚车渠蕖余予誉舆胥狙锄疏蔬梳虚嘘墟徐猪闾庐驴诸储除滁蜍

【七虞】虞愚娱隅无芜巫于衢瞿氍儒襦濡须需朱珠株诛朱铢蛛殊苏俞瑜榆愉逾渝谀腴区
躯驱岖趋扶符凫芙雏敷麸夫肤纡输枢厨俱驹模谟摹蒲逋胡湖瑚乎壶狐弧孤辜姑枯觚菰

【八齐】齐黎犁梨妻萋凄堤低题提蹄啼鸡稽兮倪霓西栖犀嘶撕梯鼙赍迷泥溪蹊圭闺携畦
嵇跻奚脐醯黧蠡醍鹈奎批砒睽荑篦齑藜猊蜺鲵羝

【九佳】佳街鞋牌柴钗差崖涯偕阶皆谐骸排乖怀淮豺侪埋霾斋槐睚崽楷秸揩挨俳

【十灰】灰恢魁隈回徊槐梅枚玫媒煤雷颓崔催摧堆陪杯醅嵬推诙裴培盔偎煨瑰茴追胚徘
坯桅傀儡莓开哀埃台苔抬该才材财裁栽哉来莱灾斋猜孩徕骀胎唉垓挨皑呆腮

【十一真】真因茵辛新薪晨辰臣人仁神亲申身深宾滨槟缤邻鳞麟珍瞋尘陈春津秦频苹颦
濒银垠筠巾民岷泯珉贫莼淳醇纯唇伦轮沦抡匀旬巡驯钧均莘遵循甄宸纶椿鹑屯呻粼嶙
【十二文】文闻纹蚊云分氛纷芬焚坟群裙君军勤斤筋勋薰曛醺芸耘芹欣氲荤汶汾殷雯贲
【十三元】元原源沅鼋园袁猿垣烦蕃樊喧萱暄冤言轩藩媛援辕缘番繁翻幡璠鸳鹓蜿湲爰
掀燔圈谖魂浑温孙门尊存敦墩炖暾蹲豚村屯囤盆奔论昏痕根恩吞荪昆鲲坤仑婚阍髡馄
【十四寒】寒韩翰丹单安鞍难餐檀坛滩弹残干肝竿阑栏澜兰看刊丸完桓纨端湍酸团攒官
观鸾銮峦冠欢宽盘蟠漫叹邯郸摊玕拦珊狻杆跚姗殚箪瘅谰獾倌棺剜潘拼盘般蹒瘢磐
【十五删】删潸关弯湾还环欢鬟寰班斑蛮颜奸攀顽山闲艰间悭患孱潺擐圜菅般颁疝讪斓

下平声（平声）

【一先】先前千阡笺天坚肩贤弦烟燕莲怜连田填巅鬈宣年颠牵妍研眠渊涓捐娟边编悬泉
迁仙鲜钱煎然延筵毡旃蝉缠廛联篇偏绵全镌穿川缘鸢旋船涎鞭专圆员乾虔愆权拳椽传
【二萧】萧箫挑貂刁凋雕迢条髫调蜩枭浇聊辽寥撩寮僚尧宵消霄绡销超朝潮嚣骄娇蕉焦
椒饶硝烧遥徭摇谣瑶韶昭招瓢苗猫腰桥瞧乔娆妖飘逍潇鸮骁祧鹪鹩缭獠嘹夭幺邀要姚
【三肴】肴巢交郊茅嘲钞包胶苞梢姣庖匏坳敲胞抛蛟崤䴔鞘抄蝥咆哮凹淆教跑艄捎爻咬
【四豪】豪劳毫操髦绦刀萄猱褒桃糟旄袍挠蒿涛皋号陶鳌曹遭羔糕高搔毛艘滔骚韬缫膏
【五歌】歌多罗河戈阿和波科柯陀娥蛾鹅萝荷何过磨螺禾珂蓑婆坡呵哥轲沱鼍拖驼跎佗
颇峨俄摩么娑莎迦疴苛蹉嵯驮箩逻锣哪挪锅诃窠蝌髁倭涡窝讹陂鄱皤魔梭唆骡挼靴瘸

【六麻】麻花霞家茶华沙车牙蛇瓜斜邪芽嘉瑕纱鸦遮叉奢涯巴耶嗟遐加笳赊槎差蟆骅虾
葭袈裟砂衙呀琶耙芭杷笆疤爬葩些佘鲨查楂渣爹挝咤拿椰珈跏枷迦痂茄桠丫哑划哗夸

【七阳】阳杨扬香乡光昌堂章张王房芳长塘妆常凉霜藏场央泱鸯秧嫱床方浆觞粱娘庄黄
仓皇装殇骧相湘箱缃创忘芒望尝偿樯枪锵坊囊郎唐狂强肠康冈刚苍荒遑行妨棠翔良航

【八庚】庚更羹盲横觥彭亨英烹平枰京惊荆明盟鸣荣莹兵兄卿生甥笙牲擎鲸迎行衡耕萌
甍宏闳茎莺樱泓橙争筝清情晴精睛菁晶旌盈楹瀛嬴赢营婴缨贞成盛城诚呈程酲声升征

【九青】青经泾形陉亭庭廷霆蜓停丁仃馨星腥醒惺俜灵龄玲铃伶零听冥溟铭瓶屏萍荧萤
荣扃坰蜻硎苓聆瓴翎娉婷宁暝瞑螟猩钉疔叮厅町泠棂囹羚蛉咛型邢冷

【十蒸】蒸烝承丞惩澄陵凌绫菱冰膺鹰应蝇绳升缯凭乘胜兴仍兢矜征称登灯僧憎增曾矰
层能朋鹏肱薨腾藤恒罾崩滕誊崚嶒姮塍冯症簦瞢凝棱楞

【十一尤】尤邮优尤流旒留骝榴刘由油游猷悠攸牛修羞秋周州洲舟酬雠柔俦畴筹稠丘邱
抽瘳遒收鸠搜驺愁休囚求裘仇浮谋牟眸侔矛侯喉猴讴鸥楼陬偷头投钩沟幽纠啾楸蚯踌

【十二侵】侵寻浔临林霖针箴斟沈心琴禽擒衾钦吟今襟金音阴岑簪壬任歆森禁祲喑琛涔
骎参忱淋妊掺参深椹郴芩檎琳蟫愔喑黔嵚

【十三覃】覃潭参骖南楠男谙庵含涵函岚蚕探贪耽眈龛堪谈甘三酣柑惭蓝担簪谭昙坛婪

【十四盐】盐檐廉帘嫌严占髯谦奁纤签瞻蟾炎添兼缣沾尖潜阎镰黏淹钳甜恬拈砭詹蒹歼

【十五咸】咸函缄岩谗衔帆衫杉监凡馋芟搀喃嵌掺巉

上声（仄声）

【一董】董懂动孔总笼拢桶捅蓊蠓汞

【二肿】肿种踵宠垅拥冗重冢捧勇甬踊涌俑蛹恐拱竦悚耸巩怂奉

【三讲】讲港棒蚌项耩

【四纸】纸只咫是靡彼毁委诡髓累技绮觜此泚蕊徙尔弭婢侈弛豕紫旨指视美否痞兕几姊比水轨止徵市喜已纪跪妓蚁鄙晷子仔梓矢雉死履垒癸趾址以已似耜祀史驶耳使里理李

【五尾】尾苇鬼岂卉几伟斐菲匪篚娓悱榧韪炜虺玮虮

【六语】语圄圉吕侣旅杼伫与予渚煮暑鼠汝茹黍杵处贮女许拒炬距所楚础阻俎沮叙绪序屿墅巨去苣举讵溆浒钜醑咀诅苎抒楮

【七麌】麌雨宇舞府鼓虎古股贾估土吐圃庾户树煦诩努辅组乳弩补鲁橹睹腐数簿竖普侮斧聚午伍釜缕部柱矩武五苦取抚浦主杜坞祖愈堵扈父甫禹羽怒腑拊俯罟赌卤姥鹉拄莽

【八荠】荠礼体米启陛洗邸底抵弟坻柢涕悌济澧醴诋眯娣棨递昵睨蠡

【九蟹】蟹解洒楷拐矮摆买骇

【十贿】贿悔罪馁每块汇猥璀磊蕾傀儡腿海改采彩在宰醢铠恺待殆怠乃载凯闿倍蓓迨亥

【十一轸】轸敏允引尹尽忍准隼笋盾闵悯菌蚓牝殒紧蠢陨哂诊疹赈肾蜃膑黾泯窘吮缜

【十二吻】吻粉蕴愤隐谨近忿拉刎揾槿瑾恽韫

【十三阮】阮远晚苑返反饭偃蹇琬沅宛婉畹菀蜿绻巘挽堰混棍阃悃捆衮滚鲧稳本畚笨损

【十四旱】旱暖管琯满短馆缓盌碗懒伞伴卵散伴诞罕瀚断侃算款但坦袒纂锻拌懑谰

【十五潸】潸眼简版板阪盏产限绾柬拣撰馔赧皖汕铲羼见楝栈

【十六铣】铣善遣浅典转衍犬选冕辇免展茧辨篆勉剪卷显饯践喘藓软蹇演兖件腆跣缅缱

【十七筱】筱小表鸟了晓少扰绕绍杪沼眇矫皎杳窈窕袅挑掉肇缥缈渺淼茑赵兆缴缭夭悄

【十八巧】巧饱卯狡爪鲍挠搅绞拗咬炒吵佼姣昴茆獠

【十九皓】皓宝藻早枣老好道稻造脑恼岛倒祷捣抱讨考燥扫嫂保鸨稿草昊浩镐杲缟槁堡

【二十哿】哿火舸嚲舵我拖娜荷可左果裹朵锁琐堕惰妥坐裸跛颇夥颗祸棰婀逻卵那坷爹

【二十一马】马下者野雅瓦寡社写泻夏也把厦惹冶贾假且玛姐舍喏赭洒嘏剐打耍那

【二十二养】养痒象像橡仰朗桨奖蒋敞氅厂枉往颣强惘两曩丈杖仗响掌党想鲞榜爽广享

【二十三梗】梗影景井岭领境警请饼永骋逞颖颍顷整静省幸颈郢猛丙炳杏秉耿矿冷靖哽

【二十四迥】迥炯茗挺艇梃醒酩酊并等鼎顶肯拯謦到溟

【二十五有】有酒首口母妇後柳友斗狗久负厚手叟守否右受牖偶走阜九后咎薮

【二十六寝】寝饮锦品枕审甚廪衽稔凛懔沈朕荏婶沈葚禀噤谂怎恁饪覃

【二十七感】感览揽胆澹啖坎惨敢颔撼毯糁湛菡萏罱椠喊嵌橄榄

【二十八俭】俭焰敛险检脸染掩点簟贬冉苒陕谄俨闪剡忝琰奄歉芡崭堑渐罨捡弇崦玷

【二十九豏】豏槛范减舰犯湛巉斩黯范

去声（仄声）

【一送】送梦凤洞众瓮贡弄冻痛栋恸仲中粽讽空控哄赣

【二宋】宋用颂诵统纵讼种综俸供从缝重共

【三绛】绛降巷撞戆

【四寘】寘置事地意志思泪吏赐自字义利器位戏至次累伪寺瑞智记异致备肆翠骑使试类

【五未】未味气贵费沸尉畏慰蔚魏纬胃汇谓渭卉讳毅既衣蜚溉翡诽

【六御】御处去虑誉署据驭曙助絮著箸豫恕与遽疏庶预语踞倨茹淤锯觑狙翥薯

【七遇】遇路辂赂露鹭树度渡赋布步固素具务雾骛数怒附兔故顾句墓慕暮募注住注驻炷

【八霁】霁制计势世丽岁济第艺惠慧币弟滞际涕厉契敝弊毙帝蔽髻锐戾裔袂系祭卫隶闭

【九泰】泰太带外盖大濑赖籁蔡害蔼艾丐奈柰汰癞霭会旆最贝沛霈绘脍荟狈侩桧蜕酹外

【十卦】卦挂画懈廨邂隘卖派债怪坏诫戒界介芥械薤拜快迈败稗晒瀣湃寨疥届蒯篑蒉喟

【十一队】队内辈佩退碎背秽对废悔诲晦昧配妹喙溃吠肺耒块碓刈悖焙淬敦塞爱代载态

【十二震】震信印进润阵镇刃顺慎鬓晋骏闰峻衅振俊舜赆吝烬讯仞迅汛趁衬仅觐蔺浚赈

【十三问】问闻运晕韵训粪忿酝郡分紊愠近抆拼奋郓捃靳

【十四愿】愿怨万饭献健建宪劝蔓券远侃键贩畈曼挽瑗媛圈论恨寸困顿遁钝闷逊嫩溷诨

【十五翰】翰瀚岸汉难断乱叹观干散旦算玩烂贯半案按炭汗赞漫冠灌爨窜幔粲灿璨换焕

【十六谏】谏雁患涧间宦晏慢盼篆栈惯串绽幻瓣苋办谩讪铲绾孪篡裥扮

【十七霰】霰殿面县变箭战扇煽膳传见砚院练链燕宴贱馔荐绢彦掾便眷倦羡奠遍恋啭眩

【十八啸】啸笑照庙窍妙诏召邵要曜耀调钓吊叫眺少诮料疗潦掉峤徼跳嘹漂镣廖尿肖鞘

【十九效】效教貌校孝闹豹罩棹觉较窖爆炮泡刨稍钞拗敲淖

【二十号】号帽报导操盗噪灶奥告诰到蹈傲暴好劳躁造冒悼倒燥犒靠懊瑁燠耄糙套纛潦

【二十一个】个贺佐大饿过座和挫课唾播破卧货簸轲驮髁磋作做剁磨懦糯缚锉挼些

【二十二祃】祃驾夜下谢榭罢夏霸暇灞嫁赦籍假蔗化舍价射骂稼架诈亚麝怕借卸帕坝靶

【二十三漾】漾上望相将状帐唱让浪酿旷壮放向忘仗畅量葬匠障瘴谤尚涨饷样藏舫访贶

【二十四敬】敬命正令证性政镜盛行圣咏姓庆映病柄劲竞靓净竟孟诤更并聘硬炳泳迸横

【二十五径】径定听胜罄磬应赠乘佞邓证秤称莹孕兴剩凭迳甑宁胫暝钉订饤锭謦泞瞪蹭

【二十六宥】宥候就售寿秀绣宿奏兽漏富陋狩昼寇茂旧胄宙袖岫柚覆复救厩臭佑右囿豆

【二十七沁】沁饮禁任荫浸谮谶枕噤甚鸩赁喑渗窨妊

【二十八勘】勘暗滥啖担憾暂三绀憨澹瞰淡缆

【二十九艳】艳剑念验堑赡店占敛厌焰垫欠僭酽潋滟俺砭坫

【三十陷】陷鉴泛梵忏赚蘸嵌站馅

入声（仄声）

【一屋】屋木竹目服福禄谷熟肉族鹿漉腹菊陆轴逐苜蓿宿牧伏夙读犊渎牍椟黩毂复粥肃

【二沃】沃俗玉足曲粟烛属录辱狱绿毒局欲束鹄蜀促触续浴酷躅褥旭欲笃督赎渌纛碡北

【三觉】觉角桷榷岳乐捉朔数卓啄琢剥驳雹璞朴壳确浊擢濯渥幄握学龌龊槊搦镯喔邈荦

【四质】质日笔出室实疾术一乙壹吉秩率律逸佚失漆栗毕恤密蜜桔溢瑟膝匹述黜弼跸七

【五物】物佛拂屈郁乞掘吃讫绂弗勿迄不佛绋沸茀厥倔黻崛尉蔚契屹熨绂

【六月】月骨发阙越谒没伐罚卒竭窟笏钺歇突忽袜曰阀筏鹘厥蹶蕨殁橛掘核蝎勃渤悖孛

【七曷】曷达末阔钵脱夺褐割沫拔葛闼渴拨豁括抹遏挞跋撮泼秣掇聒獭刺喝磕蘖瘌袜活

【八黠】黠拔八察杀刹轧戛瞎刮刷滑辖鎍猾捌叭札扎帕茁鹘揠萨捺

【九屑】屑节雪绝列烈结穴说血舌洁别缺裂热决铁灭折拙切悦辙诀泄锲咽轶噎彻澈哲鳖设啮劣玦截窃孽浙孑桔颉拮撷揭褐缬碣挈抉亵薛拽爇冽瞥迭跌阅餮耋垤捏页阕觖谲鴂

【十药】药薄恶作乐落阁鹤爵弱约脚雀幕洛壑索郭错跃若酌托削铎凿箔鹊诺萼度橐钥龠瀹着著虐掠获泊搏藿嚼勺谑廓绰霍镬莫箨缚貉各略骆寞膜鄂博昨柝格拓铄烁灼疟蒻

【十一陌】陌石客白泽伯迹宅席策册碧籍格役帛戟璧驿麦额柏魄积脉夕液尺隙逆画百辟

【十二锡】锡壁历枥击绩绩笛敌滴镝檄激寂觋溺觅狄荻幂戚鹢涤的吃沥雳霹惕剔砾翟籴

【十三职】职国德食蚀色力翼墨极殛息熄直值得北黑侧贼饰刻则塞式轼域蜮殖植敕亟棘

【十四缉】缉辑戢立集邑急入泣湿习给十拾袭及级涩楫粒汁蛰执笠隰汲吸絷挹浥悒岌熠

【十五合】合塔答纳榻阁杂腊匝阖蛤衲沓鸽踏拓拉盍塌咂盒卅搭褡飒磕榼遢蹋蜡溘邋趿

【十六叶】叶帖贴牒接猎妾蝶叠箧惬涉鬣捷颊楫聂摄慑镊蹑协侠荚挟铗浃睫厌靥蹀躞燮

【十七洽】洽狭峡法甲业邺匣压鸭乏怯劫胁插锸押狎夹恰蛱硖掐剳袷眨胛呷歃闸霎

诗情画意

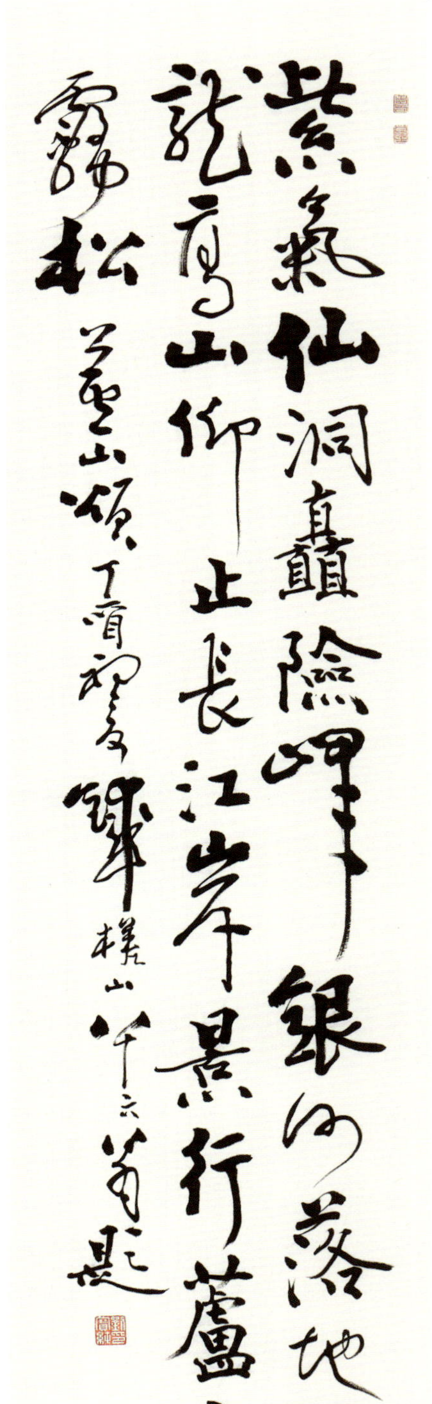
紫氣仙洞真險峰銀河落地化鳥
龍高山仰止長江岸懸行蘆山賞
霧松
黃山頌 丁酉初冬 錄
樸山八十六翁題

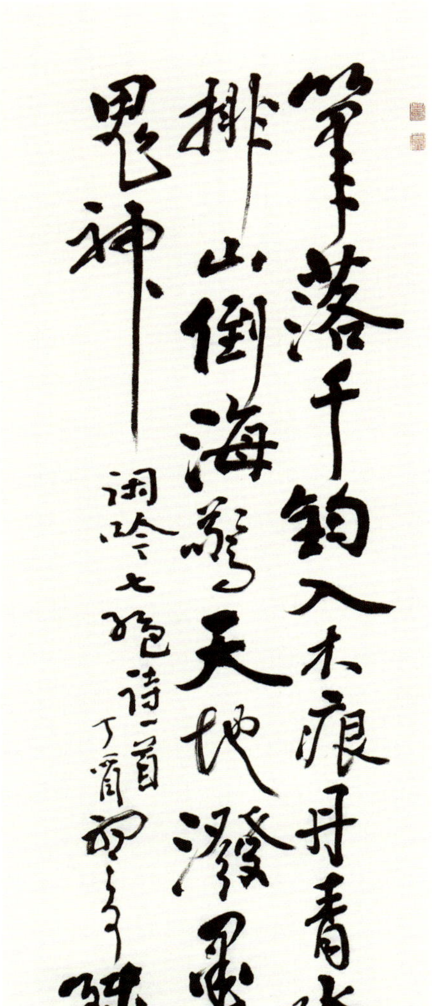
筆落千鈞入木痕丹青水墨鑄詩魂
排山倒海驚天地潑墨揮毫泣
鬼神
詞吟七絕詩一首 丁酉初冬 錄
樸山八十六翁題

春水流芳清澈鑑
春風綠草滿山幽
春天浩氣山巔峯
秀春江滔滔萬古流

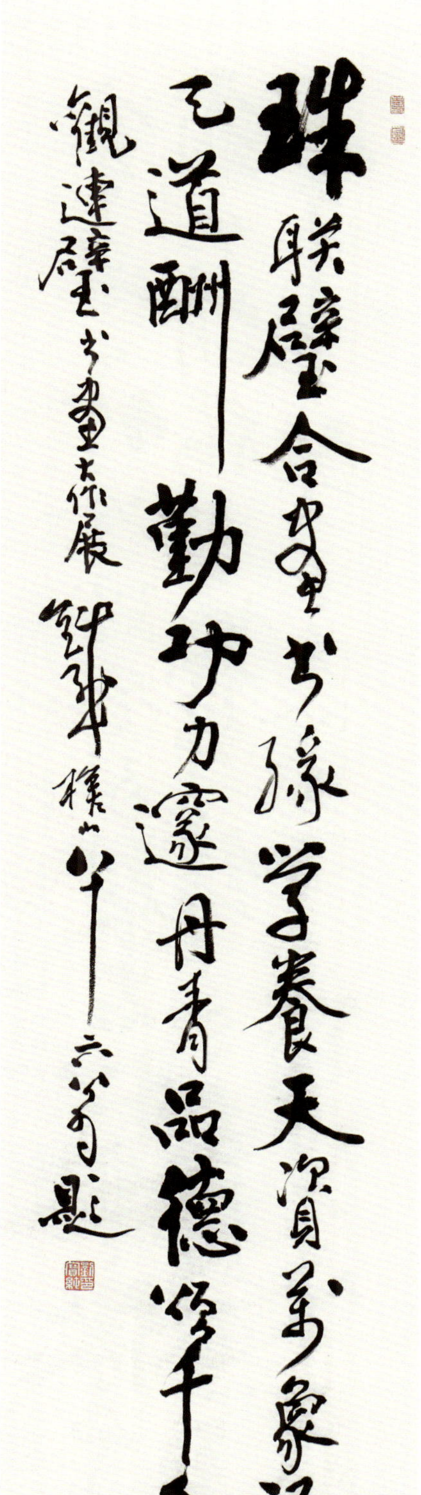

珠聯璧合書緣學養天資萬象涵
天道酬勤功力邃丹青品德傳千年

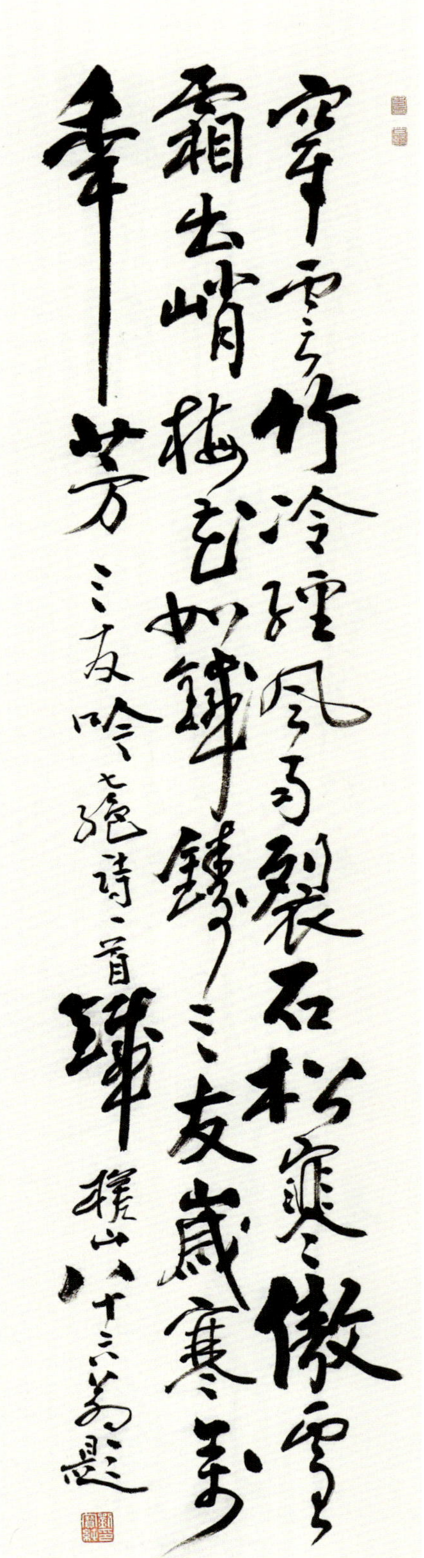
穿雲竹冷裡風雨裂石松寒傲雪
霜出峭梅如鐵鑄三友歲寒
年芳
三友吟七絕詩一首
瑋
八十六翁題

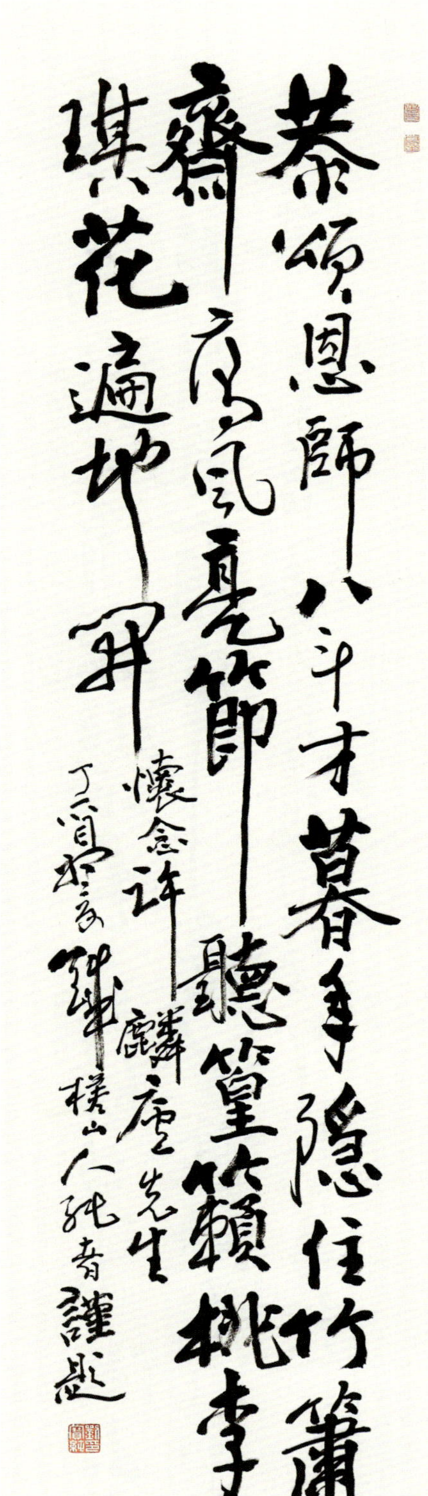
恭頌恩師八十才暮年隱住竹簾
齋風節聽篁籟桃李
琪花遍地開
懷念許麟廬先生
瑋
樸山人張奇謹題

牡丹吟
七絶詩一首錄
橫山八十六翁於天津題

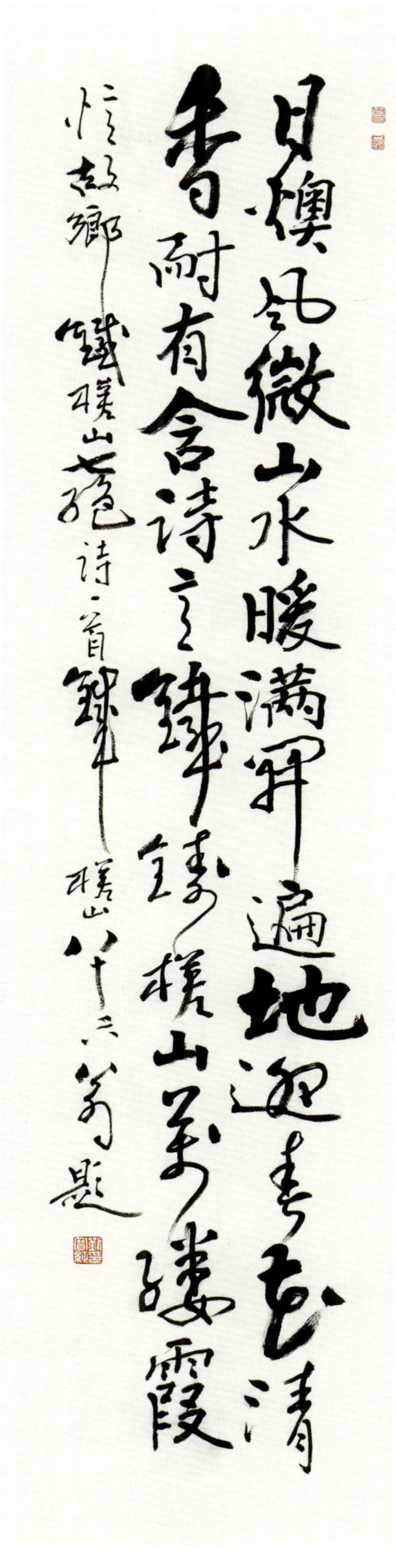
憶故鄉
橫山七絶詩一首錄
橫山八十六翁題

微风翠竹山涧细雨青松万壑秋
梦境茫茫归野鹤寥寥云万里
信天游
丁酉深秋节
录
樸山八十二岁翁题

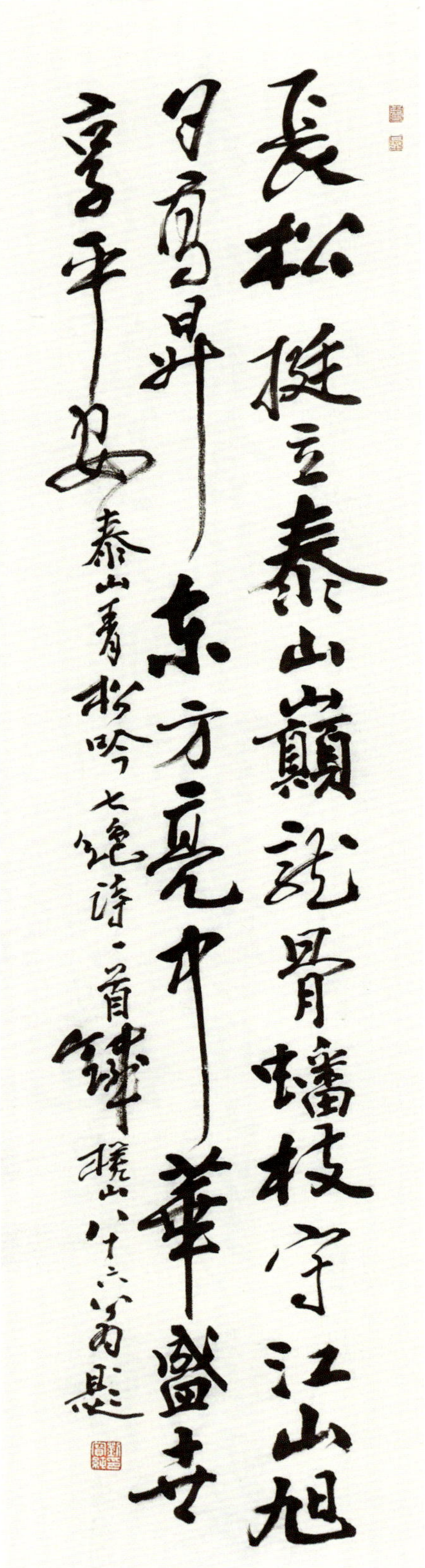
长松挺立泰山巅铁骨虬枝守江山
旭日腾升东方亮中华盛世享平安
泰山青松吟 七绝诗一首
录
樸山八十二岁翁题

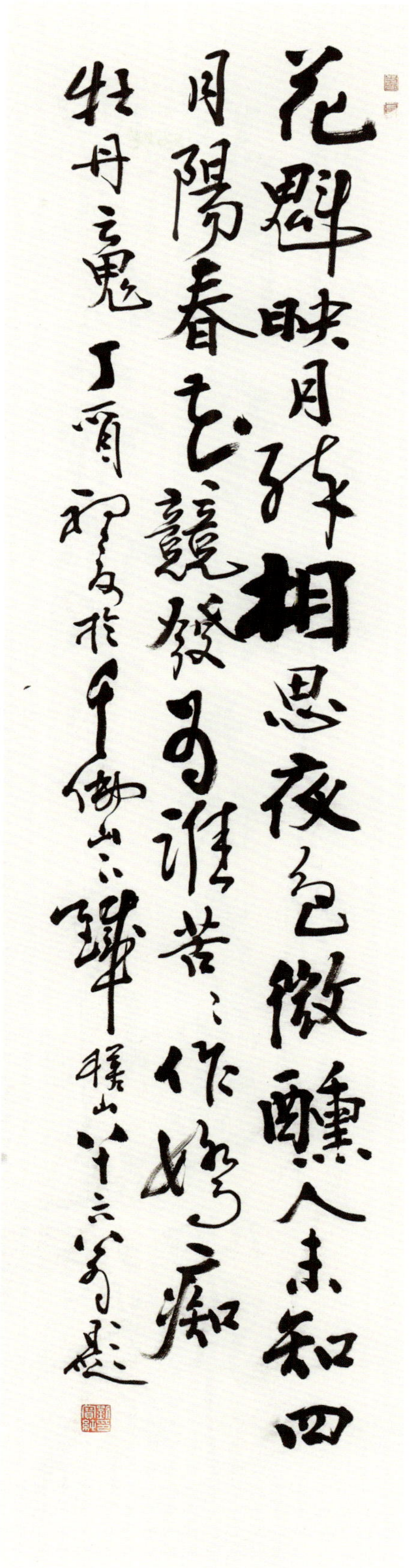
花影映月綠相思夜色微醺人未知四
月陽春已競發有誰苦苦作嬌癡
牡丹之魂

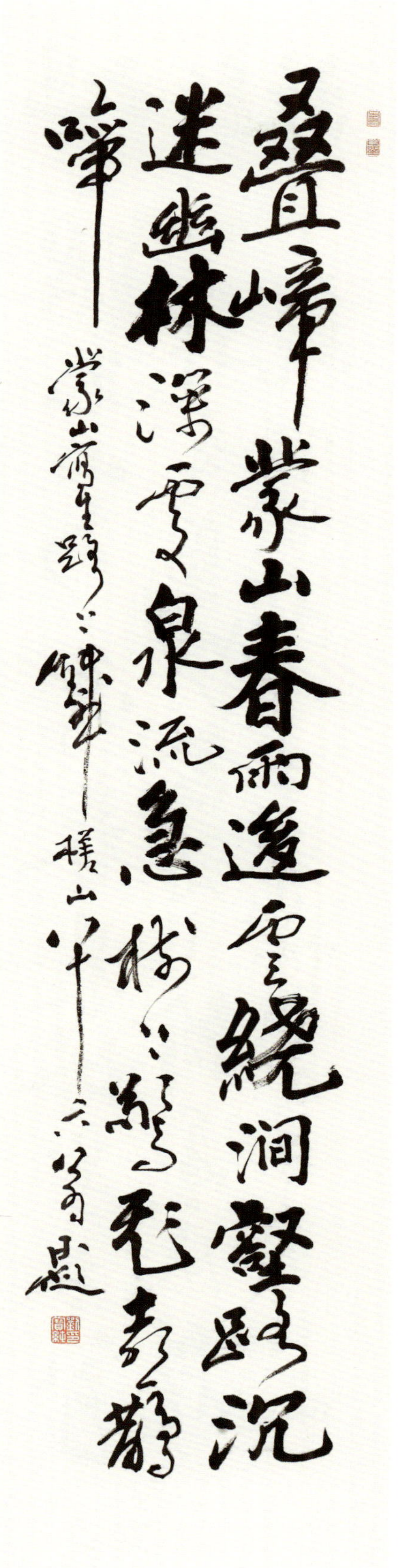
疊嶂蒙山春雨後雲繞澗壑路沉
迷幽林

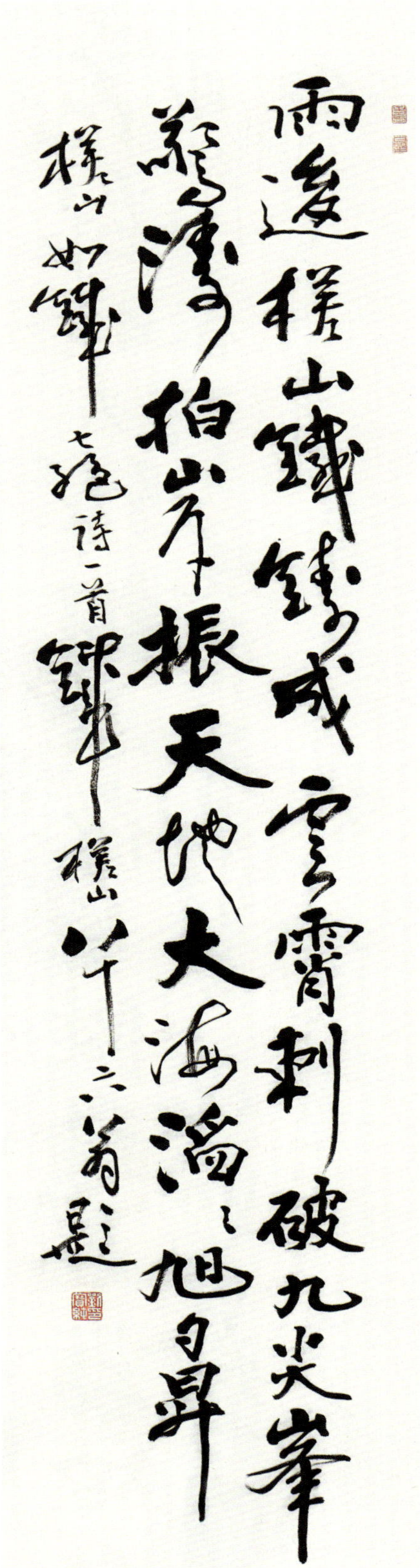
雨后模山铁铸成
云霄刺破九尖峰
七绝诗一首

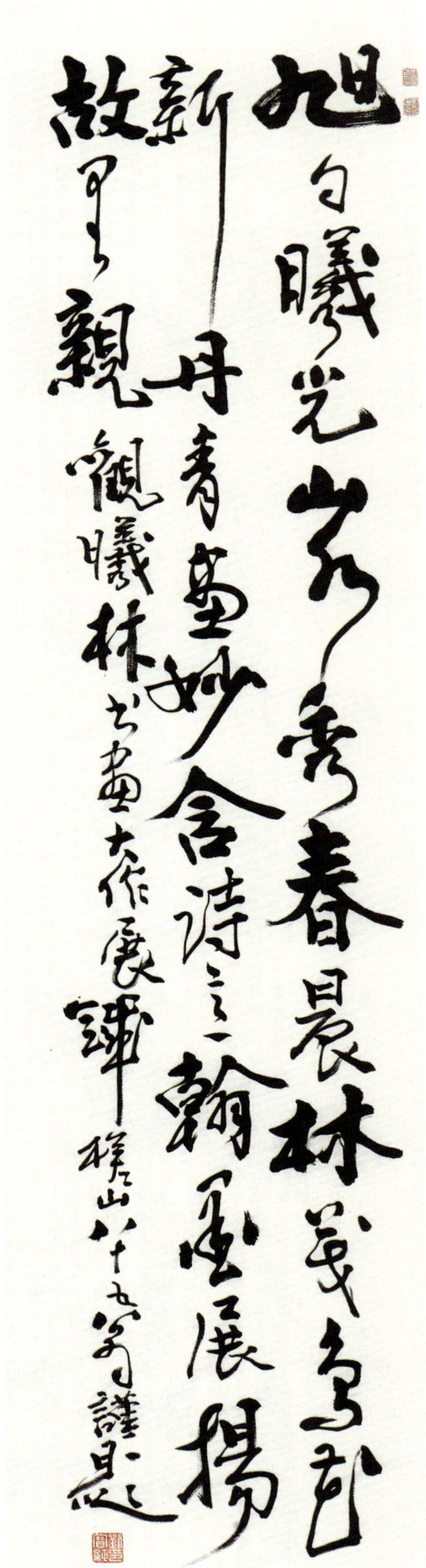
旭日曦光出秀春晨林
新丹青画妙含诗
翰墨展扬

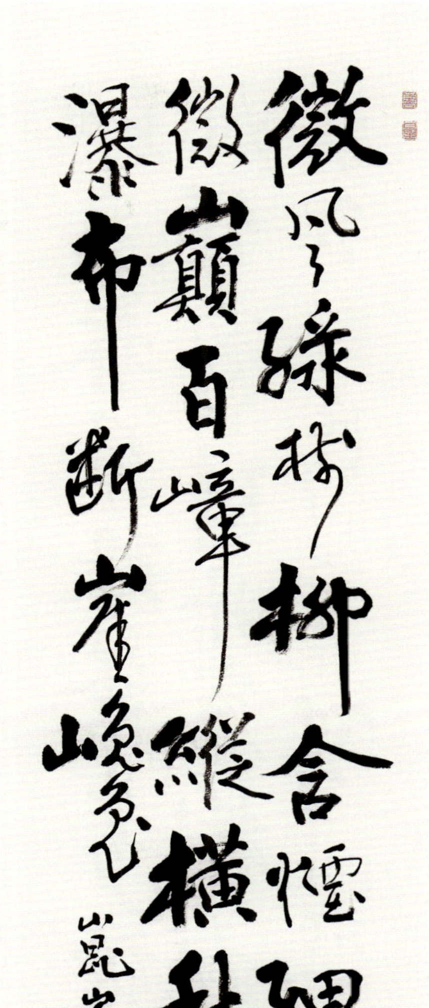
微风绿柳含烟细
微山巅百嶂纵横秋色里高悬
瀑布断崖

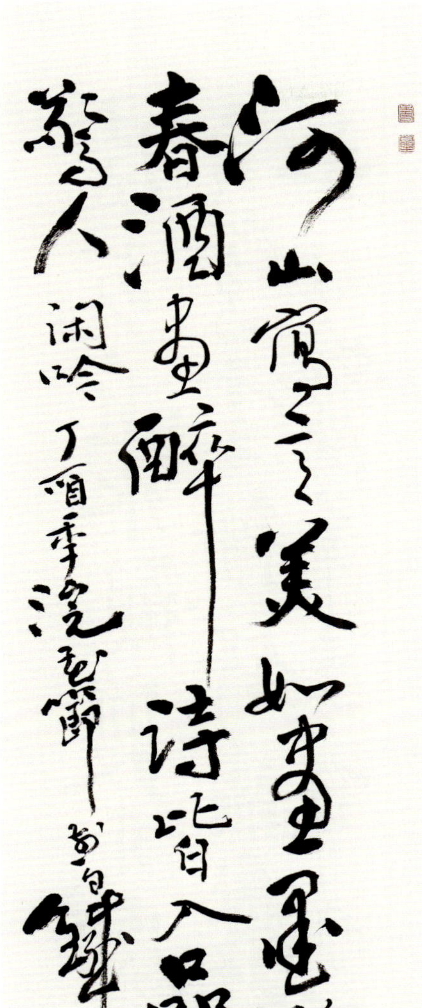
河山
春酒
惊人
闲吟
丁酉

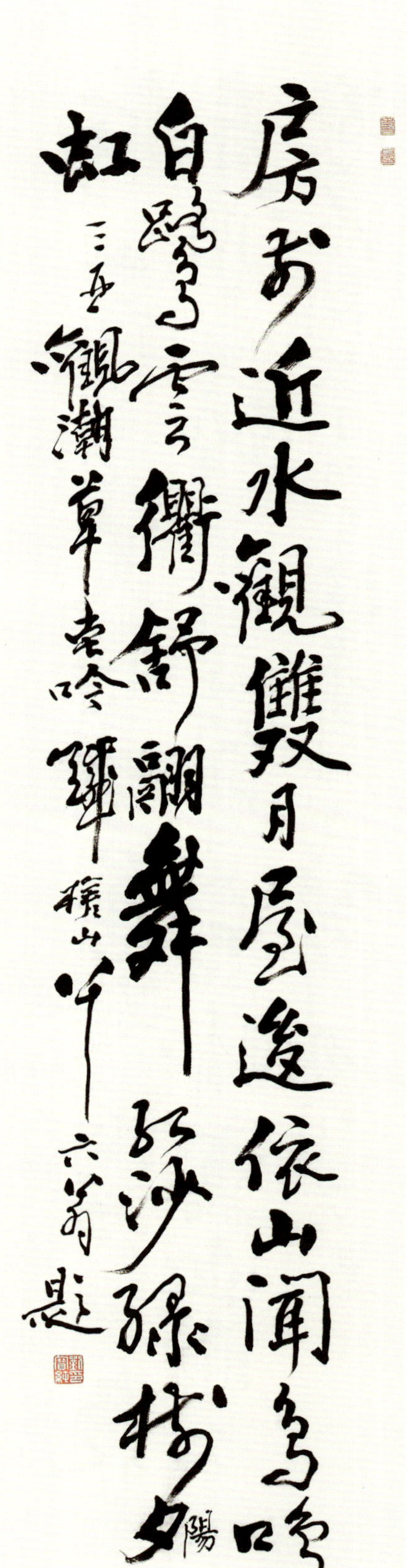
房前近水觀雙月
屋後依山聞鳥鳴
白鷺雲衢舒翮舞
紅沙綠樹夕陽虹
三亞觀瀾草堂吟
鍾華 橫山 六十六翁題

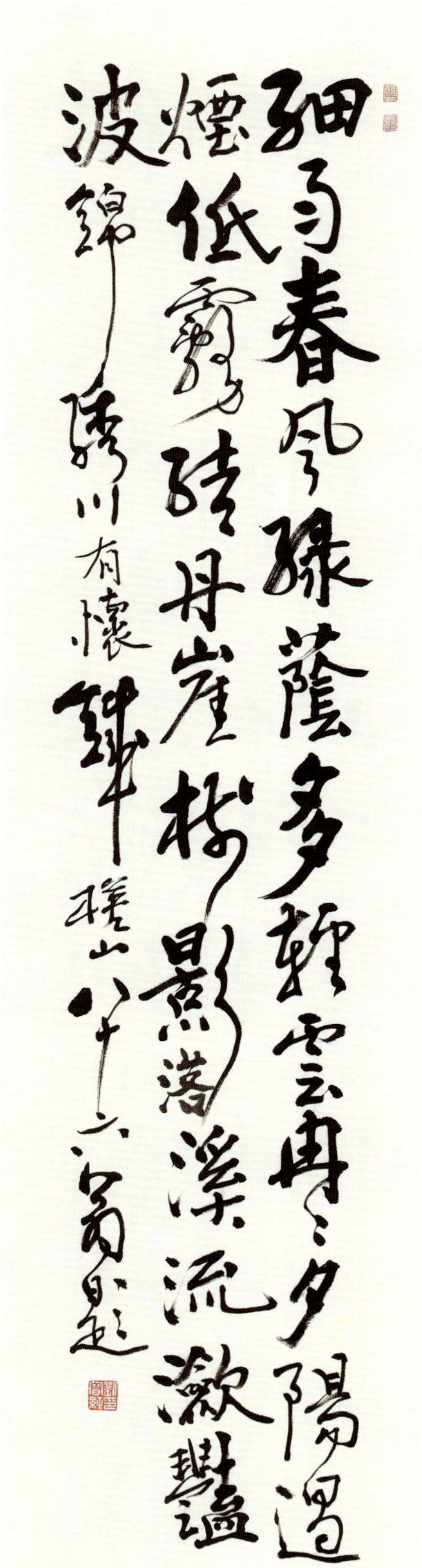
細雨春風綠蔭多
輕雲冉冉夕陽過
烟低霞綠丹崖樹
影落溪流瀲灧波
錦繡川有懷
鍾華 橫山 八十六翁自題

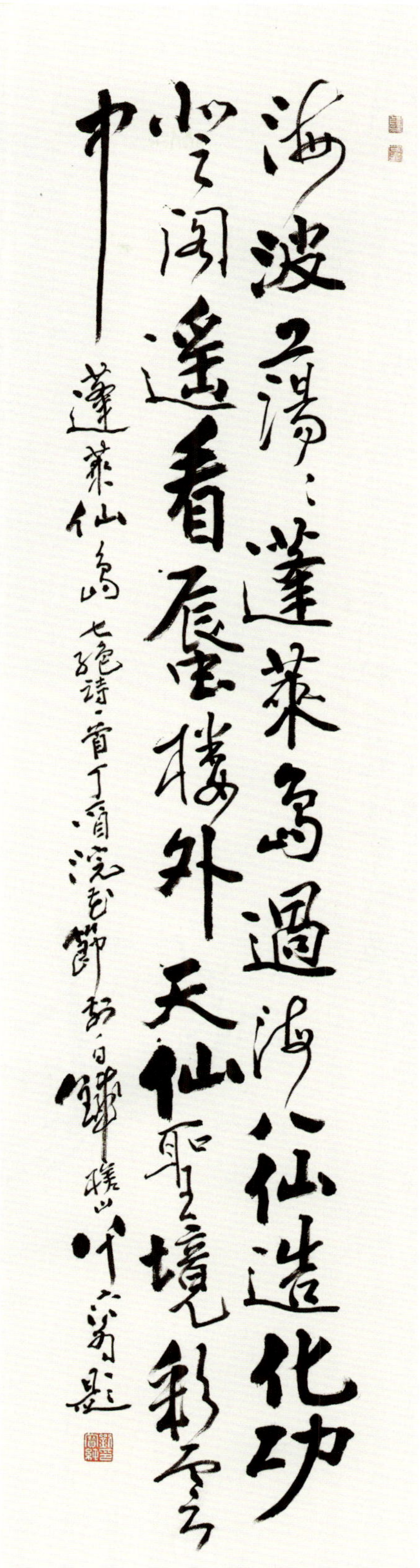
海波浩湯蓬萊島過海八仙造化功
仙閣遙看蜃樓外天仙聖境彩雲
中
蓬萊仙島 七絕詩一首 丁酉浣花節

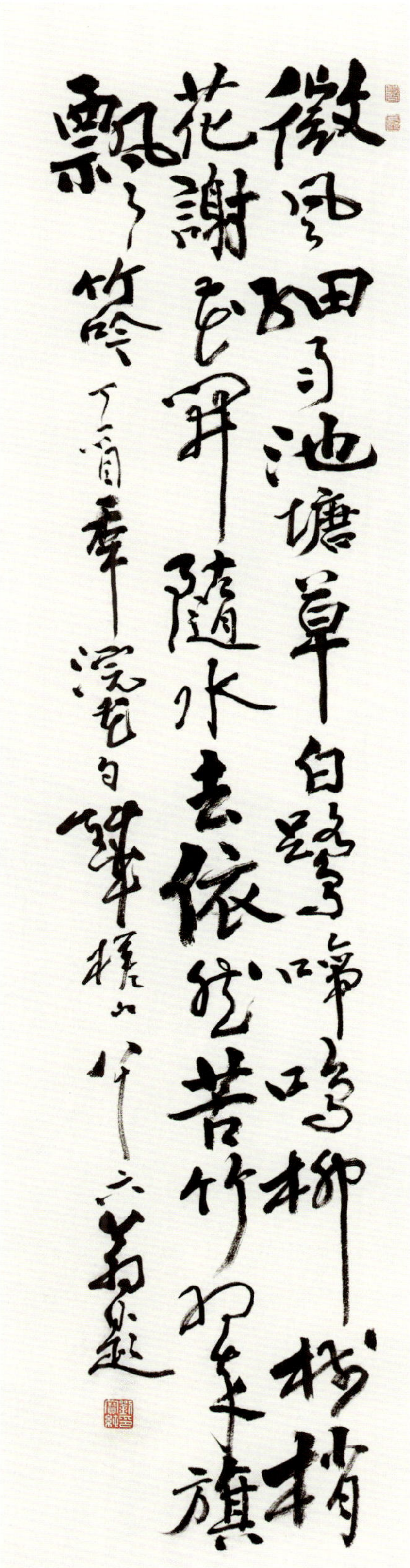
微風細雨池塘草白鷺鳴柳梢
花謝花開隨水去依然苦竹翠旗
飄飄竹吟
丁酉年浣花節

步云桥仙境

春山永固

登山必自

泰山松颂

登高望远

泰山六朝松

白梅赞

泰山西路

清明

登泰踏秋

素杰之风

秋林夕照

刘宝纯泰山美术馆门前松

春林

锦绣川

泰山灵岩寺

白头鸟吟

蒙山春雨后

苍松风骨吟

松月吟

飞泻寒泉

秋山雨霁

观松月

泰山青松吟

长空征雁歌

思月欲哭

探幽

春之歌

泰山后石坞雨后

梅花吟

黄山松峰似仙境

故乡秋夜

白云绕青峦

瘦月疏林

泰山后石坞瀑布

雪月征雁

竹月双清

槎山惊涛

咏竹

夜宿桃花峪

泰山松月

清風雲去
水留波夾
瀑蒼山開
溪河擊
石飛泉
寒瀉急
霞騰翠
岫古松峨
古松寒泉
七絕詩之
丙申猴年
正月初六吉日
於三亞觀
潮草堂

古松寒泉

秋韵

庐山颂

泰山青松吟

苍松风骨

腊梅铁骨傲寒霜

历历寒雪花弄影

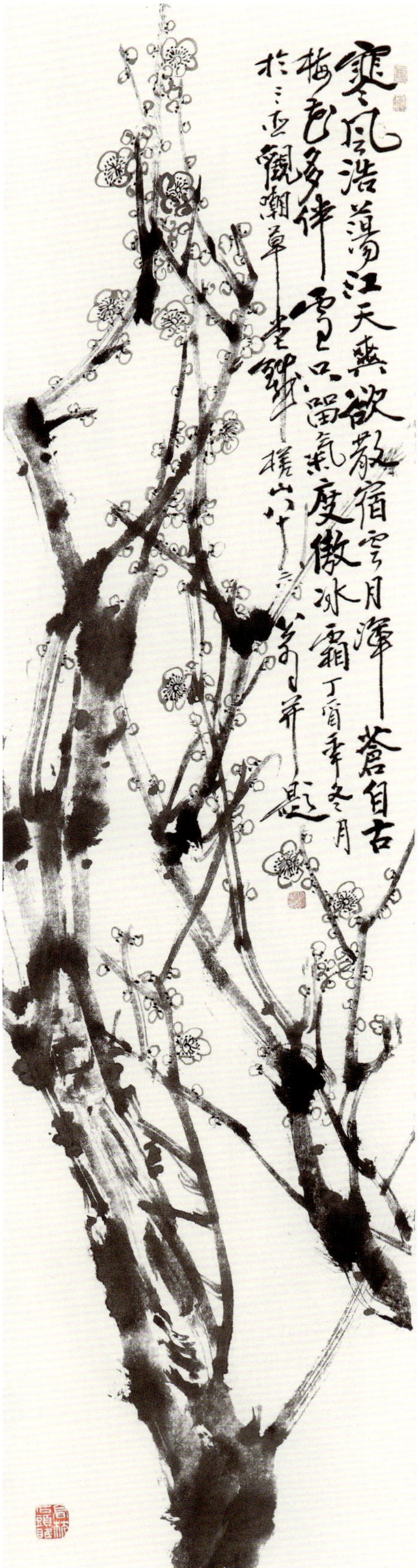

自古梅花多伴雪

浩态孤芳须善养

春芳晚径落花泥

月净寒梅馨溢冷

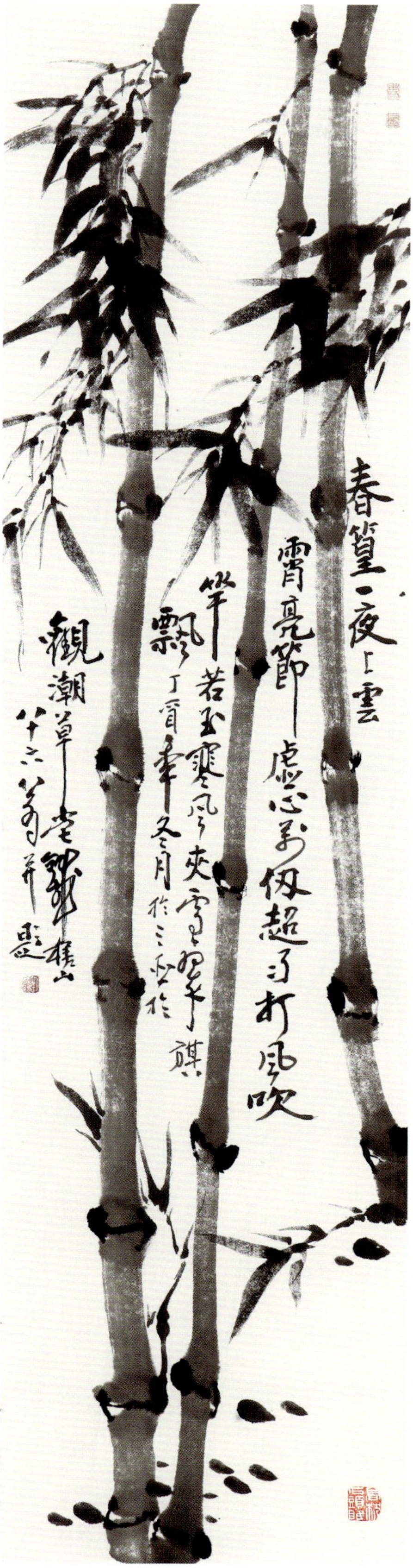

春篁一夜上云霄

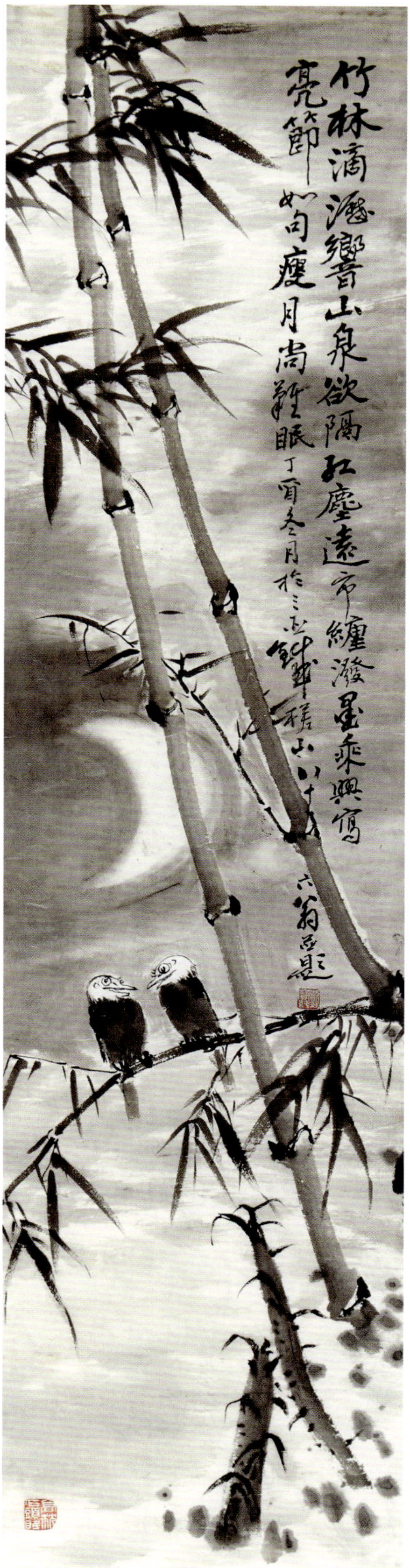

泼墨乘兴写亮节

竹林滴沥响山泉

微风翠竹一山幽

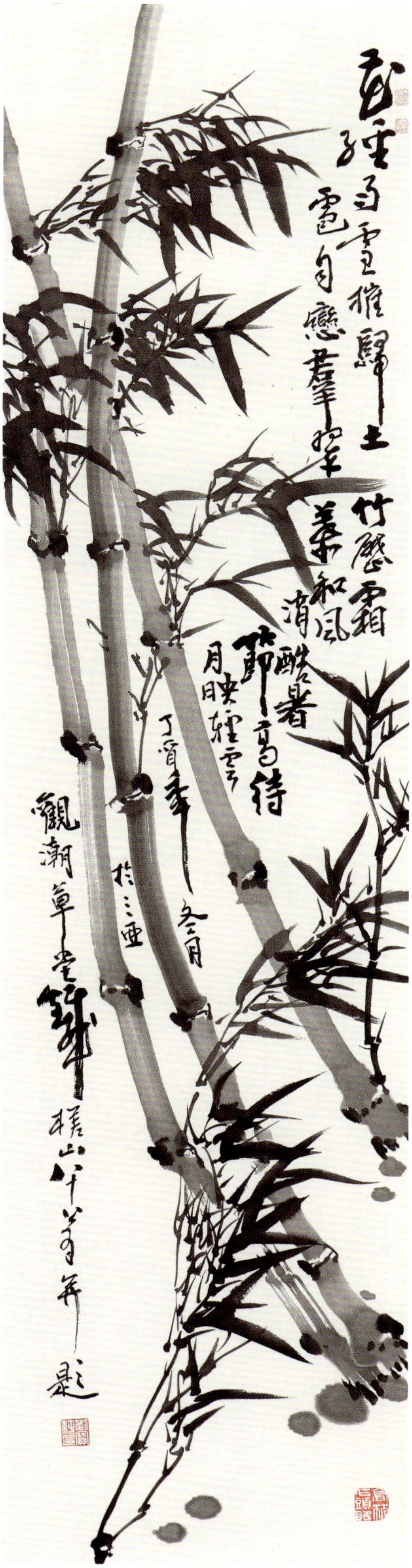

竹历霜雹自恋群

竹枝壁影

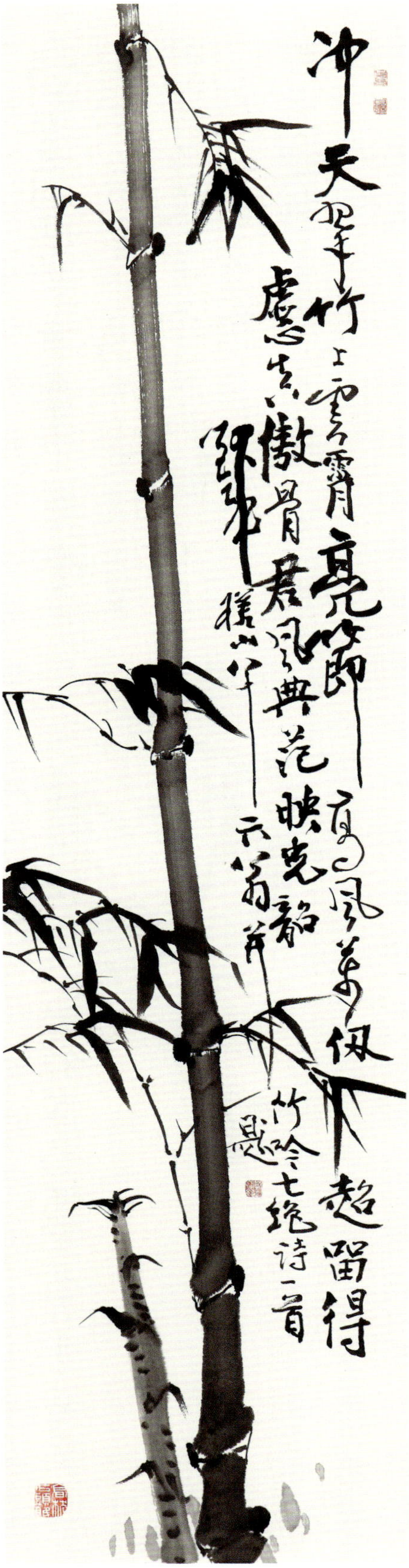

冲天翠竹上云霄

翠竹生风翻碧影

六朝遗植古松王

苍松飞泉

铁铸蟠枝泰山松

古松独立何虬偃

花魁醉月意相思

赏菊重阳蕾正开

绿叶紫茎抱素魂

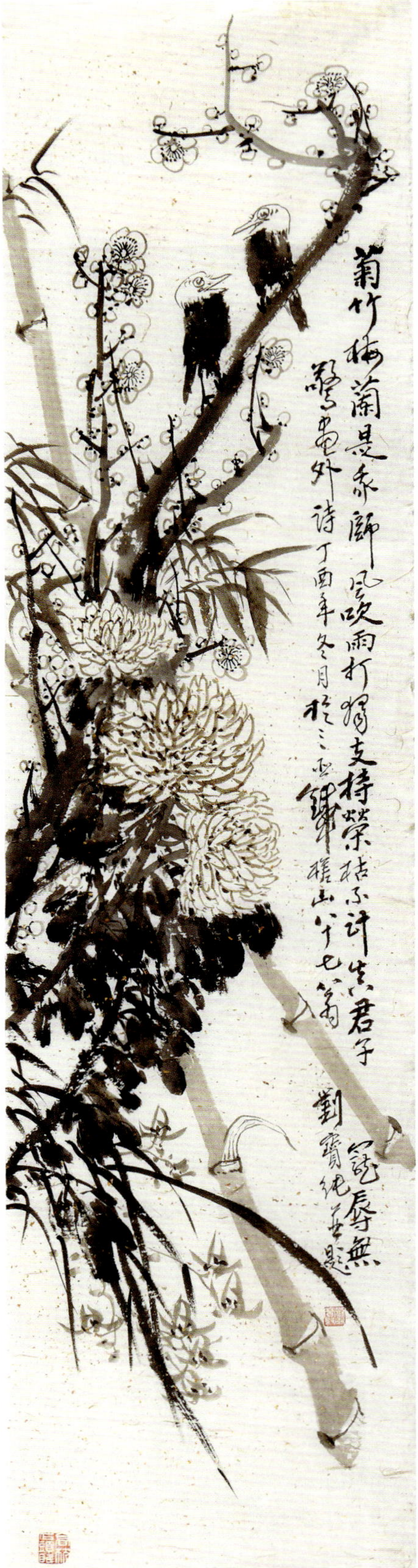

菊竹梅兰是我师

良晨喜鹊登门第

叶叶多情举翠旗

一阵秋风吹藕叶

映月榴花带雪红

栽兰素心两三盆

葡萄蔓秀落凭栏

图书在版编目（CIP）数据

刘宝纯七言绝句题画诗/刘中慷主编. —济南：山东教育出版社，2018

ISBN 978-7-5701-0073-6

Ⅰ.①刘… Ⅱ.①刘… Ⅲ.①七言绝句—诗集—中国 —当代 Ⅳ.①I227.7

中国版本图书馆CIP数据核字（2018）第019782号

责任编辑：周晓光

装帧设计：张作哲

摄　　影：刘汉康

校　　对：张玉玲 刘喜讯

LIUBAOCHUN QI YAN JUE JU TI HUA SHI

刘宝纯七言绝句题画诗

刘中慷　主编

主管单位：山东出版传媒股份有限公司

出版发行：山东教育出版社

地址：济南市纬一路321号　邮编：250001

电话：（0531）82092664　网址：www.sjs.com.cn

印　　刷：济南继东彩艺印刷有限公司

版　　次：2018年8月第1版

印　　次：2018年8月第1次印刷

开　　本：787 mm × 1092 mm　1/16

印　　张：10.25

字　　数：18千

定　　价：68.00元

（如印装质量有问题，请与印刷厂联系调换）印厂电话：0531-87160055